Die kostbaren Jahre des Lebens

Eine Geschichte mit Herz, Humor und ein bisschen zum Nachdenken

von Ilona M. A. Albrecht

Impressum
© 2019 Ilona Margarete Anny Albrecht
Umschlagillustration: Ilona M. A. Albrecht
Verlag und Druck: tredition GmbH, Halenreie 40-44,
22359 Hamburg
ISBN Taschenbuch: 978-3-7482-3928-4
ISBN Hardcover: 978-3-7482-3929-1
ISBN e-Book: 978-3-7482-3930-7

Ich widme das Buch allen Frauen, jenseits der 60! Wenn sie bisher nicht den Mut gefunden haben sich auf eine neue Partnerschaft einzulassen, dann wünsche ich mir, dass Ihnen der Roman Hoffnung macht.

Ilona M. A. Albrecht

Vorgeschichte

Warum fielen mir auf einmal alle diese Sprüche mit Überraschung ein? Na, weil ich so was von überrascht war, was mir passiert ist. Ich hätte nie im Traum daran gedacht, dass es so was für mich noch gibt. Noch dazu in meinem Alter!! Was war passiert?

Nichts ahnend ging ich in ein Warenhaus. Ich brauchte ein Sommerkleid und vielleicht passende Schuhe. Schlendernd beäugte ich die Ständer, die Auslagen, griff einen Bügel heraus, blau und grün mit weiß – nee nicht meine Farben, der Schnitt ganz gut, na ja, also weiter. So betrachtete ich mehrere Sachen, fand aber nicht das Richtige. Plötzlich hinter mit eine freundliche Stimme: "Kann ich Ihnen helfen?" Da ich schon sehr genervt war, dachte ich spontan. „Mir kann keiner mehr helfen!" Während ich dann doch meinen Blick der Stimme zuwandte, sah ich einen Mann, wahrscheinlich ein Verkäufer, der mich erwartungsvoll und nett ansah. Ich glaubte zuerst nicht, was ich auf einmal spürte. Herzklopfen, eher Herzrasen, Pulsfrequenz bestimmt 120! Was war das denn?

Plötzlich fühlte ich mich irritiert, verwirrt und sprachlos! So was war mir schon lange nicht mehr passiert.

„Reiß dich zusammen, du bist doch kein Teenager mehr", schalt ich mich. Also drehte ich mich vollends um und antwortete so ruhig wie möglich: „Danke nein, ich finde mich schon zurecht."

„Schade, ich hatte den Eindruck, als ob ich Ihnen behilflich sein könnte." Sprach´s und ging weg.

Na, toll da hatte ich mir wohl selbst ein Eigentor geschossen. Wie dem auch sei, ich widmete mich wieder der Suche nach meinem neuen Sommeroutfit und hatte den Vorfall bald vergessen. Mit doch noch einem Kleid in der Einkaufstüte und einem Schuhkarton verließ ich das Warenhaus.

Es war wirklich ein sehr schöner Sommertag, nicht zu heiß, aber angenehm warm. Deshalb beschloss ich, mich in eins der Straßencafés zu setzen und beim Eiskaffee zu relaxen. Ich hatte auch bald ein entsprechendes gefunden. Erleichtert und froh, dass meine „ Shoppingtour" doch noch den entsprechenden Erfolg hatte, ließ ich mich auf einen der bequemen Rattan Sessel fallen.

Mein Blick ging suchend nach einem Kellner über die Tische, da traf mich plötzlich der Schlag! Nein, das ist ja unglaublich, wer grinste mich von einem der Tische breit an? Es war der *hilfreiche Verkäufer* aus dem Warenhaus!

Leichte Röte stieg mir ins Gesicht. Schnell vergrub ich meinen Kopf hinter der Speisekarte.

„Meine Güte", schalt ich mich, „bleib einfach cool und relaxt!"

Ich suchte den Blickkontakt zur Kellnerin und war sehr dankbar, dass sie sofort reagierte. Als dann der Eiskaffee vor mir stand, wagte ich einen kurzen Seitenblick. Kaum wahrnehmbar, reagierte dieser „Kerl" mit einem schmunzelnden Kopfnicken. Nun wurde es mir aber zu bunt. Angriff ist die beste Verteidigung! Ich stand auf und ging direkt auf ihn zu.

„Können Sie mir verraten, warum Sie mich verfolgen?"

Die Antwort kam wie aus der Pistole geschossen:
„Falls Sie sich erinnern, ich war zuerst hier!"

Verdammt da hatte er Recht, so was Blödes, warum rede ich in solchen Situationen, ohne vorher zu denken!

„Na gut, in dem Fall muss ich Ihnen zu stimmen. Dennoch, irgendwie kreuzen sich unsere Wege ein bisschen zu oft. Außerdem was belustigt Sie eigentlich, habe ich Hasenohren oder ´ne Boxernase? Immer, wenn Sie mich ansehen, grinsen Sie! Sehen Sie, schon wieder!"

„Darf ich Ihnen einen Vorschlag machen?"

Ich war empört. Was dachte sich dieser Mann. Nun erdreistete er sich auch noch mir Vorschläge zu unterbreiten!

Das ging nun gar nicht. Wir kannten uns nicht, und ich hatte auch keine Ambitionen ihn näher kennen zu lernen. Männer die mir Vorschläge machen und mit guten Ratschlägen mein Leben umkrempeln wollten, die hatte ich schon genug!

Warum war ich eigentlich so gereizt? Im Prinzip hatte mir doch keiner etwas getan. Doch dieses verständnisvolle, verbindliche Lächeln machte mich dermaßen nervös und unsicher. Wieso eigentlich?

Nun entschied ich mich ganz gelassen auf diese Frage einzugehen.

„Was denn für einen Vorschlag?"

„Da ich noch nicht bestellt habe und Ihr Eiskaffee einsam und verlassen auf Ihrem Tisch steht, schlage ich vor, ich setze mich zu Ihnen. Oder haben Sie etwas dagegen?"

Was sollte ich nun dazu sagen? So oder so hatte dies für mich langsam Soap – Charakter! Na denn, was soll´s!

„Gut, dann ziehen Sie mal um und wir können möglicherweise ein nettes Gespräch führen."

Was wollten wir denn für ein nettes Gespräch führen? Wir kannten uns doch gar nicht!

Am Tisch angekommen, wartete er bis ich mich setzte, ehe er selbst Platz nahm.

Plötzlich sprang er wieder auf.

„Entschuldigung, ich habe mich überhaupt noch nicht vorgestellt. Roman Winter, seit einem Jahr Rentner und verwitwet."

„Nun setzen Sie sich doch. Ist ja peinlich. Alle sehen schon her! Muss doch nicht die ganze Stadt wissen, dass wir uns gerade kennen gelernt haben!"

„Womit haben Sie denn ein Problem?"

Ich muss gestehen, dass mir nun doch die Worte fehlten. Ja, wo lag denn eigentlich mein Problem? Im Prinzip gab es keins. Ich aber musste sofort wieder an alle Pannen und Pleiten denken, welche ich in der letzten Zeit so hinter mich gebracht hatte. Jedes Mal, voller Zuversicht und meist auch noch euphorisch, bin ich immer wieder in Beziehungen hineingeschlittert.

Leider war das Erwachen aus all den Hoffnungen und Träumen immer wieder sehr hart und schmerzlich. Die Letzte war zirka ein halbes Jahr her. Ich hatte mir danach geschworen, dass ich mein Single Dasein nicht um jeden Preis aufgebe! Ich wollte einfach für mich zur Ruhe und Besinnung kommen.

Schließlich war ich ja gar nicht so allein. Ich hatte einen Sohn und eine Tochter und sogar schon Enkelkinder, in die ich all meine Liebe und Fürsorge geben konnte.

Nun erlebte ich diesen Tag mit solch unerwarteten Ereignissen.

„Gut", sagte ich mir, „spiel doch einfach mit und bleib ganz ruhig."

Ebenso höflich und verbindlich stellte ich mich nun auch vor.

„Mein Name ist Karola Braun, bin knapp 63 Jahre und seit 25 Jahren geschieden und immer noch solo!"

Nun war Herr Winter derjenige welcher erstaunt aufsah.

„Seit 25 Jahren? Wie geht das denn? So wie Sie aussehen, hat es denn keinen Partner für Sie bisher gegeben?"

Da war es wieder. Der verdrängte Gedanke, dass mit mir sicherlich etwas nicht stimmte, dass etwas mit mir „faul" sein musste! Immer wieder fragte ich mich dieses ja auch ständig. Was war daran schuld, dass ich, obwohl ich es so sehr wollte, keinen Lebenspartner fand?

Dieser Roman Winter hatte mich, mal wieder, auf mein Dilemma aufmerksam gemacht. Das Besondere an dieser Situation war allerdings, dass ich Schmetterlinge im Bauch hatte! Das ahnungsvolle Gefühl, dass mich dieser Mann besonders wachrüttelte, hielt mich fest. Lange hatte ich diese Empfindung nicht mehr gehabt. Meine vergangenen Beziehungen waren mehr der praktischen Art. Sie nahmen mir das Alleinsein, gaben mir Anerkennung und gemeinsame Erlebnisse.

Die Hoffnung auf Liebe und ein intensives, gemeinsames Leben hatte ich leider, immer wieder, zu oft! Doch aufgrund meiner Erfahrungen, hatte ich sie inzwischen aufgegeben.

„In meinem Alter gibt es so etwas nicht mehr", das hatte ich mir immer wieder gesagt.

„Sei zufrieden, wenn es für gemeinsame Unternehmungen und Reisen mit ein wenig Erotik langt."

Seit heute war dies nicht mehr unbedingt meine Sichtweise. Das plötzliche Gefühl, dass doch noch nicht alles so „tot" zu sein schien, machte mich einerseits glücklich, andererseits war ich wirklich durcheinander!

„Na junge Frau, haben Sie die Sprache verloren?" Sein freundlicher Blick ließ urplötzlich alle trüben Gedanken verschwinden.

„Ja, ich frage mich auch, unentwegt, warum ich nach so langer Zeit noch solo bin. Vielleicht habe ich aber bisher nicht den Richtigen getroffen!" Nun hatte ich den Part wieder abgegeben. Das Leuchten in seinen Augen war nicht zu übersehen.

„Machen Sie sich keine falschen Hoffnungen, so mancher hat nach genau diesem Dialog gemeint, dass er genau der ist, welcher für mich bestimmt ist!"

Verdammt, er ließ sich nicht aus der Fassung bringen! Lächelnd griff er nach meiner Hand:

„Sie müssen ja sehr oft in Beziehungen enttäuscht worden sein. Glauben Sie mir, auch ich hatte es nicht so leicht. Nachdem meine Frau verstorben war, brach für mich die Welt zusammen. Sämtlicher Lebensmut war mir genommen. Wenn nicht meine Tochter und die Enkelkinder mich fürsorglich und geschickt in das Leben zurückgebracht hätten, weiß ich nicht was aus mir geworden wäre! Ich versuchte es dann über das Internet und Kontaktanzeigen. Alleine wollte ich nicht bleiben, denn 65 Jahre ist doch, bei guter Gesundheit, kein Alter! Ich weiß also wovon ich spreche. Ich versichere Ihnen es ist kein Zuckerschlecken, wenn wir uns in unserem Alter auf neue Beziehungen einlassen wollen. Wir sind fertige, lebenserfahrene Menschen. So leicht lassen wir uns kein „x" für ein „u" vormachen! Dennoch steckt in jedem Menschen die Sehnsucht nach Partnerschaft und einem gemeinsamen Leben! Den Richtigen zu finden ist natürlich gleichzusetzen mit einem „Fünfer" im Lotto! Dennoch glaube ich nach wie vor daran, und das ist Lebensweisheit, dem Lottogewinn eines Tages zu begegnen!"

Mein Gott, das war ja eine lange philosophische Rede. Im Grunde tat er mir etwas leid. Männer kommen wahrscheinlich schwerer alleine im Leben klar. Dennoch, sollte er denken ich bin sein Lottogewinn, dann hatte er sich schwer geirrt! Solch plumpe Anmache im Kaufhaus und dann das Gerede! Nee, ich konnte nicht im Entferntesten daran denken, dass ich mich auf ihn einlasse. Seine Augen guckten teils fragend, teils verwirrt.

„Habe ich etwas Falsches gesagt oder Sie verletzt?"

Nun war es an mir genau zu überlegen wie ich antwortete. Ich fand im Grunde genommen alles was er sagte nicht wirklich falsch. Nur ging mir alles ein bisschen schnell. Klar war ich nicht gern allein.

Ganz klar hatte ich doch gespürt wie mein Puls sich beschleunigte, als er mich im Kaufhaus ansprach. Nicht ganz klar war mir allerdings, wie sollte ich reagieren? Allzu leicht sollten wir Frauen es den Männern doch nicht machen!

Wer sagt das? Ja wer eigentlich? Sind wir noch in der Zopfzeit?

Also sprach ich zu mir:

„Karola sei nicht dumm! Das könnte die letzte Chance sein! Er sieht nicht schlecht aus, hat gute Manieren und scheint auch noch recht fit zu sein! Also sei kein Frosch und packe die Gelegenheit beim Schopf. Jetzt oder nie!!"

Laut sagte ich zu ihm:

„Herr Winter, Sie haben nichts Falsches gesagt und Sie haben mich auch nicht verletzt. Sie müssen mich allerdings verstehen, dass ich nachdenklich und zurückhaltend reagiere. Ich finde es sehr nett mit Ihnen hier zu sitzen und zu plaudern. Beide haben wir vergessen den Kaffee zu trinken. Irgendwie bin ich auch gerade in die Realität zurückgekommen. Gar nicht wahrgenommen, dass wir hier in einem Straßenkaffee sitzen und uns vor kurzem erst begegnet sind. Sie haben mich mit Ihrem Charme und Lebensweisheiten einfach fasziniert, aber gleichzeitig auch ein wenig durcheinandergebracht! Ich bin mir im Moment außerdem nicht klar, was wir hieraus machen."

Ups, war ich da nicht etwas über die Ziellinie hinausgeschossen? Das war doch die totale Offenlegung meiner Gefühle! Ich würde mich, obwohl mein zweites „Ich" sagte: „Lass die Finger davon", gern treffen, mich auf ihn einlassen! Oh je, nun doch wieder in der Zwickmühle zwischen Gefühl und Verstand! Was soll das nur werden?

Als ob Herr Winter über meine inneren Kämpfe Bescheid wusste sprach er in einem warmen Ton:

„Frau Braun, ich weiß nicht welche Vorstellungen Sie haben, und welche Erfahrungen hinter Ihnen liegen. Ich bin festen Glaubens, dass wir dieses zufällige Treffen, als einen Wink des Schicksals verstehen sollten. Ein zweites Treffen, bewusst und geplant wird möglicher Weise dazu beitragen Kopf und Bauch in Einklang zu bringen. Ich schlage vor, morgen im Park am See, in der dortigen Cafeteria. Zurzeit ist da nicht so viel los, da die meisten Stadtleute im Urlaub sind. Bis dahin haben wir beide Zeit über schicksalhafte Begegnungen, unsere verborgenen Wünsche und über das Leben in Beziehungen nachzudenken. Sicher werden wir uns dann auch nicht sein. Wir könnten dann überlegen wie wir uns besser kennen lernen, gemeinsame Unternehmungen planen. Das wäre doch der erste Schritt! Was sagen Sie dazu?"

Himmel, das war ja nicht zu glauben! Dieser Mensch hatte ganz klare Vorstellungen. Der schien tatsächlich die feste Absicht zu haben mit mir anzubändeln!

Anzubändeln? War sicher nicht zutreffend! Irgendwie glaubte ich, dass er sich ein wenig in mich verguckt hatte. Hallo, er wusste aber, wie alt wir sind. Das hatten wir gleich zu Beginn eindeutig offen gelegt!

Mit einem leichten Kopfnicken und einem:

„Na dann, bis dahin!" ging ich so gefasst wie möglich aus dem Café.

Nein, das war ein Vormittag, wie er in keinem „10 Groschen – Roman" besser geschildert werden konnte! Da geht man nichts ahnend aus dem Haus und wird, wie vom Blitz getroffen, in ein Abenteuer gestürzt! Keine Minute hatte ich in der letzten Zeit damit verschwendet, an eine neue Beziehung, Affäre oder Sonstiges in der Art, zu denken!

In der Nacht konnte ich natürlich kein Auge zumachen. Immer wieder stellte ich mir die Frage nach dem: Warum? Wieso jetzt? Und: Was soll das Ganze?

Ich fühlte mich irgendwie nicht so froh, wie ich es vielleicht hätte sein können. Im Gegenteil ich fühlte mich eher der Situation überfordert. Was sollte denn das Ganze wieder? Hörte das denn niemals auf Meine Güte mit über 60 war ich doch in einem Alter wo ich im Prinzip alles hinter mir hatte.

Das Aufregendste: Die erste große Liebe, aus der die Kinder stammten.

Das Schrecklichste: Die Erfahrung hintergangen und betrogen worden zu sein, von dieser „ großen" Liebe
Das Wunderbarste: Die Geburt und das Heranwachsen der Kinder!

Das Alltägliche: Sorgen für den Lebensunterhalt unserer Minifamilie im Einklang mit Haushalt und Kinderversorgung

Die Highlight´s: Ich wurde immer wieder bewundert aufgrund meiner „Lebenskünstlermentalität" und meiner nicht nachlassenden Vitalität und Ausstrahlung!

Das Erotische: Kost - Verächter war ich nicht, doch ich habe auch nicht Jeden genommen

Das Ziel: Immer wieder im „ Navi" eingegeben und doch nie den Lebenspartner gefunden!

Ich wusste wirklich nicht mehr ob ich den Schritt wagen sollte mich mit Roman Winter zu treffen. Einerseits gab es da das Gefühl, welches jeder Mensch, und besonders Frauen, sehr mögen, attraktiv und begehrenswert zu sein!"
Noch mehr Bedeutung durfte ich dieser Tatsache beimessen, da ich, an und für sich, nicht die beste Eigenwahrnehmung hatte.
Der verflixte Punkt war immer wieder die Tatsache, dass ich das eigene Alter vor mir sah!

Nicht meine Vitalität!
Nicht meine immer noch wirkungsvolle Ausstrahlung!
Nicht meine, vor Tatenkraft strotzende, Lebenseinstellung!

Nach dieser Nacht wurde mir allerdings sehr klar, dass ich mich einem Treffen mit Roman Winter nicht verschließen würde. Ganz sicher war ich mir!
Das Erstaunen, über die Wandlung meines Standpunktes, gab mir nicht mal zu denken.
Ja ich wollte mich dem Schicksal stellen! Ja ich wollte erleben, dass ich noch nicht tot war, dass

Liebe kein Alter kennt, dass Schmetterlinge im Bauch jeder Zeit möglich und normal sind!

Mein Entschluss stand fest, in den Park zu gehen. Plötzlich wurde mir ganz heiß. Ich hatte zwar dem Treffen zugestimmt, danach allerdings recht schnell das Weite gesucht. Keiner von uns Beiden hatte über die Zeit des Treffens gesprochen. Ein Tag hatte 24 Stunden, und 12 Stunden waren dem Tag zugeschrieben. Wann zum Teufel hatte Roman Winter denn das Treffen geplant?

Ich überlegte, es war inzwischen 10.00 Uhr. Sicher hatte er eher an den Nachmittag gedacht. Das Wetter war heute ähnlich wie gestern. Nicht zu warm, aber sommerlich.

Ich sah aus dem Fenster. Die Sonne verkrümelte sich gerade hinter einer Wolke, ansonsten war es fast wolkenlos.

„Summer wine" dieses Lied kam mir auf einmal in den Sinn. Leise summte ich es vor mich hin und überlegte dabei, wann ich hinaus zum See fahren sollte.

Als ich eine junge Frau fröhlich lachend im bunten Kleid vorbei radeln sah und entzückt feststellte wie der Fahrtwind die blonden Haare und das Kleid bewegte, kam mir ein Blitzgedanke! Ja genau so werde ich es machen! Ich hatte heute eh nichts vor!

Entschlossen ging ich ins Badezimmer. Ging unter die Dusche, wusch mir die Haare und legte ein dezentes Make up auf.

Die Auswahl der Bekleidung ging relativ schnell, da ich wusste was ich wollte!

Gegen 15.00 Uhr radelte ich Richtung Park am See. Meine Haare hatte ich mit einem Band fixiert, die weiße ⅞ Hose mit meinem türkisfarbenen Lieblingsshirt komplettiert, weiße Ballerina´s unterstrichen mein, nicht übertriebenes, aber geschickt zusammengestelltes Outfit.

Meine Anspannung nahm zu, als ich mich mehr und mehr der Cafeteria näherte. Wird er da sein? Wie verhalte ich mich? Ungezwungen, natürlich!

Ich bog in den geraden Weg zur Cafeteria ein und was sahen meine Augen? Da saß er! Ganz locker und zufrieden ! Er schaute den Anglern am See zu! Als ob es nichts Interessanteres geben würde!

Was nun? Wieder stand ich vor einer Entscheidung. Gehe ich einfach auf ihn zu und spreche ihn an? Oder setze ich mich schon in die Cafeteria? Meine Gedanken waren einfach völlig konfus. Auf solche Situationen einfach spontan und aus dem Bauch heraus zu reagieren, das konnte ich noch nie! Gefangen in dem Bewusstsein, alles immer richtig machen zu müssen, entpuppte sich mal wieder als ein Problem!

Noch völlig im meinem Wirrwarr der Gedanken, merkte ich nicht sofort, dass Herr Winter sich umdrehte.

Erst sein unverwüstliches Lächeln und das Aufstehen von der Bank, rüttelten mich aus meiner Starre!

Na da hatten wir es ja mal wieder! Der Überraschungseffekt lag bei ihm nicht bei mir!

Nun gut, sicher war, wir hatten ohne eine Zeit zu vereinbaren, es geschafft gemeinsam am verabredeten Platz zu sein.

Das war ja schon etwas, oder? Ich nahm alle meine Sinne zusammen. Nur jetzt nicht das Falsche sagen! Dieser Gedanke kam und ging aber auch sofort wieder. Roman Winter nahm mir, mit seinem charmanten Auftreten, alle Zweifel.

„Guten Tag Frau Braun, ich bin überrascht Sie zu sehen. Gestern hatte ich den Eindruck, dass Sie einem Treffen sehr kritisch gegenüber standen. Umso mehr freue ich mich!"

Was soll ich sagen. Diese Geschichte nahm ihren Verlauf. Nicht im Traum hatte ich in der Vergangenheit an einen solchen Schicksalsschlag gedacht!

Lange Rede – Kurzer Sinn: Es kam tatsächlich zu weiteren Treffen. Wir lernten uns immer besser kennen, stellten immer mehr Gemeinsamkeiten fest. Missverständnisse, Befindlichkeiten schlossen sich nicht aus! Jeder von uns hatte ja schon Einiges hinter sich und feste Vorstellungen vom Leben. Das aufeinander Einstimmen, die Macken und Fehler in gewisser Hinsicht beim anderen, zu tolerieren, war nicht immer leicht. Dennoch wir schafften es tatsächlich.

Eine Hürde die wir noch nehmen mussten waren unsere Familien. Als ich meinen Kindern vorsichtig erklären wollte, dass sich ihre alte Mutter hoffnungslos verliebt hat, zeigten sie Freude und Verständnis!

Mein erwachsener, verheirateter Sohn Alexander, nahm mich in den Arm und flüsterte mir ins Ohr: „Das hast du gut hingekriegt, jetzt komm ich mir vor wie zwölf!"

Ich war sehr gerührt über das Verständnis und die freudige Anteilnahme. Meine Tochter erfuhr es über einen liebevollen Brief, da sie zurzeit in Frankreich weilte. Ihre positive Reaktion hatte ich im Voraus geahnt. Wir beide waren Mutter, Tochter und Freundinnen zugleich.

Bei Roman war die Sache etwas schwieriger. Er hatte eine verheiratete Tochter. Die Tochter war etwas über 30. Sie hatte ihre Mutter bis zum Schluss begleitet und teilweise gepflegt! Deshalb schlugen bei ihr natürlich die Emotionen hoch! Eine verstorbene Mutter lässt sich nicht aus der Gefühlswelt der Kinder löschen. Egal wie alt sie sind. Es hat etwas mit Andenken, Erinnerungen und großer Traurigkeit zu tun.

Da ich nie die Absicht hatte die Stelle ihrer Mutter einzunehmen war ein vertrauensvolles Gespräch angesagt. Doch wie sollte ich es angehen? Ließ sie sich denn darauf ein oder stieß ich am Ende in eine Wunde, die noch gar nicht verheilt war?

Das Einverständnis von Roman musste ich natürlich bekommen, das gehörte jetzt zum gegenseitigen Vertrauen.

Also dachte ich mir, dass für den Abend eine gemütliche Stunde mit einem Glas Wein das hervorragende Timing wäre.

Mittlerweile pendelten wir zwischen unseren Wohnungen. An diesem bewussten Tag waren wir bei mir. Das passte hervorragend. Sollte etwas schiefgehen, war ich zu Hause!

Irgendwie merkte Roman, dass ich angespannt war. Er fragte:

„Irgendwas stimmt doch nicht mit dir, Karola, was ist los? Du wirkst etwas nervös!"

Na da hatte er mich aber voll erwischt! Wir kannten uns wohl besser als wir bisher vermuteten.

Zögerlich rückte ich mit der Sprache heraus, dass ich gern mit seiner Tochter reden würde, dass ich gern das Misstrauen von ihr zerstreuen wollte, und dass ich um Gottes Willen nicht die Stelle ihrer Mutter einnehmen will!
Zärtlich nahm mich Roman in den Arm. Mein Verständnis für die Gefühlswelt seiner Tochter rührte ihn.
Gemeinsam stellten wir einen Schlachtplan auf!
Was soll ich sagen? Natürlich gelang er nicht sofort, aber unser Umgang miteinander, das Gefühl welches wir unserer Familie vermittelten, strahlte positive Frequenzen aus.
Nach einem Jahr war es dann soweit! Wir hatten die Nase voll vom ewigen hin - und hergezockele!
Wir heirateten, zogen in eine gemeinsames Haus und begannen ein Leben zu zweit!

Bis heute dieses nicht bereut
Bis heute keinen Aufwand gescheut
Unsere Liebe jeden Tag zu leben
Jedem möglichst das Beste zu geben
Immer in die gleiche Richtung sehen
Manchmal dennoch verschieden Wege gehen
Alles in allem wir haben´s geschafft
Wir haben aus unserem Leben noch etwas gem.

Fünf Jahre später

Die Zeit ist immer wieder ein Faktor, welcher uns Menschen fasziniert. Sie geht einfach zu schnell! Immer wieder hatte ich das Gefühl sie anhalten zu müssen, sie zu genießen und die schönen Momente für eine kleine Dauer nicht sofort verschwinden zu lassen. Leider ist dies natürlich eine Illusion. Die Zeit rast und rast und unser Gefühl hinkt hinterher. Wer kennt nicht den Ausspruch: „Was schon fünf Jahre ist das her, ich hätte gemeint es war alles erst gestern!"

Genauso ging es mir gerade. Im Schaukelstuhl auf der Veranda sitzend, blinzelte ich in die untergehende Sonne. Roman saß in seinem Liegestuhl und war über seinem Buch eingeschlafen. Heute Abend wollten wir unseren „Kennenlerntag" feiern. Dieser lag nun schon sechs Jahre hinter uns. Im Herbst werden wir unseren fünften Hochzeitstag begehen

Meine Gedanken gingen zurück zum Beginn des Jahres.

Nichts Schlimmes ahnend hatten wir eine Schiffsreise gebucht und waren voller Vorfreude auf diese schöne Zeit. In Gedanken waren wir schon auf Mittelmeerrundreise und genossen das Ambiente des Schiffes und das der mediterranen Länder.

Eine Woche vor unserem Abflug nach Venedig geschah das Unfassbare! Wir hatten einen schönen Abend im Konzert verbracht und waren dabei uns auf die Nachtruhe vorzubereiten. Ich beschäftigte mich gerade mit dem Abschminken meines Make

20

ups, als ich komische Geräusche aus dem Wohnzimmer hörte. Blitzschnell lief ich die Treppe hinunter. Roman lag mehr

auf dem Sessel als er saß. Er hielt die rechte Hand auf die Brustmitte. Angstschweiß trat auf seine Stirn. Hier musste ich sofort handeln. Mit einer Hand angelte ich nach dem Mobiltelefon, mit der anderen führte ich eine Druckmassage auf der Brust aus. Gottlob war sofort jemand an dem anderen Ende der Telefonleitung. Kurz, klar und genau schilderte ich die Symptome meines Mannes. Der Rettungswagen war informiert. Die Herzmassage führte ich nun intensiv fort. In Abständen beatmete ich Roman. Meine Gedanken waren ausgeschaltet. Ich funktionierte wie ein Roboter. Er durfte noch nicht gehen! Es ging doch gerade mit uns so großartig. Einen gemeinsamen Lebensabend bis ins hohe Alter, das hatten wir uns gemeinsam vorgenommen.

In solchen Momenten werden die Sekunden zu Minuten, die Minuten zu Stunden. Endlich schrillte die Klingel. Ich hatte die Tür zwischenzeitlich schon geöffnet.

„Die Tür ist auf", rief ich. Meine Stimme zitterte. Jetzt muss alles gut werden.

Die Sanitäter, aber auch ein Rettungsarzt betraten das Zimmer. Sie waren ein eingespieltes Team. Sofort erkannten sie was zu tun war. Während ich erschöpft auf den Stuhl sank und den Himmel um Hilfe anrief, kamen dann doch die Tränen.

Ich beobachtete das emsige Tun der Rettungskräfte und hatte plötzlich das Gefühl, dass alles wieder gut wird. Roman war an ein Sauerstoffgerät angeschlossen und atmete ruhig. Eine Infusion angelegt und ein Blutdruckmessgerät angeschlossen, lag er inzwischen auf einer Trage.

Der Arzt wandte sich nun mir zu. „Frau Winter, Sie haben Ihrem Mann das Leben gerettet. Ohne Ihre Herzmassage und die Beatmung hätten wir Ihren Mann nicht mehr helfen können. Sie haben genau das Richtige getan. Wir bringen ihn nun auf die Intensivstation der Herzklinik. Ich denke schon, dass er mit Stands oder Beipässen in Zukunft leben muss. Damit kann jeder, bei gesunder Lebensweise noch gut alt werden. Also, Kopf hoch ihr Mann wird wieder in Ihre Arme zurückkehren."

Als Roman hinaus getragen wurde, hielt mich nichts mehr. Sofort holte ich meine Jacke, Handtasche und die Autoschlüssel. Ich musste bei ihm in der Nähe sein, egal wie lange es dauerte. Hier zu Hause zu bleiben, nein das konnte ich mir nicht vorstellen. Ich war sehr angespannt und wäre nicht zur Ruhe gekommen.

Dem Rettungswagen folgend, fuhr ich durch die nächtlichen Straßen. Vor kurzem waren wir hier in bester Laune vom Konzert nach Hause gefahren. Warum Roman? Wieso musste ihm das passieren? Er hatte doch immer gesund gelebt. Nicht geraucht, nur hin und wieder ein Glas Wein. Sportlich betätigt hatte er sich von Kindesbeinen an. Worin lagen hier die Ursachen?

Der Rettungswagen fuhr an das Tor der Rettungsstation. Ich suchte eine Parkmöglichkeit. Meine Augen mussten sich ganz schön anstrengen, denn einen hellerleuchteten Parkplatz konnte ich nirgends erspähen. Da bog ein Auto in die Straße ein. Im Scheinwerfer dieses Wagens sah ich eine sandige, unebene Fläche. Mehrere Kraftfahrzeuge waren hier im Dunkeln abgestellt. Gut, es half nichts. Ich musste unseren Wagen vorsichtig, ohne ihm Schaden zu zufügen, dort parken. „Geschafft", sprach ich vor mich hin und hoffte inbrünstig, dass das Auto auch noch da stand, wenn ich mich auf den Nachhauseweg begeben wollte.

Mein Weg führte mich schnurstracks zur Rettungsstelle. Mein Herz fing an fürchterlich zu klopfen. Wird alles gut, wie der Arzt es mir gesagt hatte? Ich erinnerte mich, dass es auch andere Ausgänge einer solchen Herzattacke gibt. Als ich in die Klinik eintrat, blendete mich das grelle Licht und ich konnte erstmal gar nichts wahrnehmen.

Meine Augen gewöhnten sich allerdings schnell an die Helligkeit. Ich sah ein großes Wartezimmer in dem zu dieser Nachtzeit tatsächlich nicht wenige Menschen saßen. Die meisten sahen angespannt oder abgespannt und müde aus. Einige hatten Wunden, die notdürftig verbunden waren und das Blut durchschimmerte, wieder andere saßen mit schmerzverzerrten Gesichtern da. Soviel Leid in dieser Nach!

Ich wandte mich ab und suchte eine Schwester oder ähnliches, von dieser ich erfahren wollte wo Roman war und wie es ihm ging.

In der hinteren Ecke des großen Raumes, sah ich eine Art Rezeption. Eine Schwester stand hinter einem PC und tippte wohl Daten ein. Ich ging auf sie zu.

„Guten Abend, verzeihen Sie, mein Mann Roman Winter ist eben mit einem Herzinfarkt hier eingeliefert worden. Können Sie mir etwas darüber sagen?"

Die Schwester schaute kurz hoch und sagte:
"Einen Moment bitte!"

Ihr Blick war auf den PC gerichtet, ihre Hände glitten über die Tastatur. Mein Gemütszustand war auf das Äußerste angespannt. Leichte Schauer von Kälte liefen über meinen Körper. Meine Augen waren auf das Tun der Schwester gerichtet. Nebenbei las ich das Namensschild: Erika Bauer. Interessierte mich im Moment weniger. Ich wollte endlich wissen was los ist!

Ihre Mimik verriet mir gar nichts. Konzentriert starrte sie auf den Bildschirm. Dann schließlich wandte sie sich mir zu.

„Ihr Mann, Frau Winter, liegt schon im OP. So wie ich hier sehe, wird zuerst ein Herzkatheter gesetzt, um zu erkennen wo die Ursachen des Herzinfarktes liegen. Anschließend werden Stands gesetzt oder eine sofortige Beipass OP. Das wird jetzt einige Stunden dauern. Ich würde es für richtig halten, dass Sie nach Hause fahren, ein wenig ausruhen und so gegen 9.00 Uhr hier anrufen. Alles andere hat keinen Sinn. Ihr Mann ist in guten Händen. Unserer Ärzte hier im Haus sind sehr erfahren auf diesem Gebiet."

Als sie mich etwas verdutzt und wohl auch etwas dümmlich dreinblicken sah, ergänzte sie:

„Es ist das Beste was Sie im Moment tun können. Ausgeruht und nicht übernächtigt sollten Sie ihren Mann dann begegnen!"

Ich schaute auf meine Armbanduhr. Die Zeiger standen auf 01.35 Uhr. Ich glaubte es kaum. Es waren Stunden vergangen. Gegen 23.00 Uhr kam der Rettungswagen! Jetzt musste ich mir eingestehen, dass Schwester Erika Recht hatte. Ich konnte tatsächlich in diesem Moment nichts für meinen geliebten Mann tun. Schweren Herzens wandte ich mich zum Gehen. Eine Frage hatte ich aber doch noch:

„Haben Sie für mich die Telefonnummer, wo ich mich dann erkundigen kann?" Freundlich nickend, schon wieder mit Krankenakten anderer Patienten beschäftigt, reichte sie mir eine Visitenkarte des Krankenhauses.

Der Weg zum „wilden Parkplatz" war eine erneute Herausforderung. Es hatte inzwischen geregnet, alles war aufgeweicht und außerdem hatten sich große, tiefe Pfützen gebildet. Heller war es auch noch nicht geworden, und so musste ich sehr aufpassen wo ich hintrat, damit ich einigermaßen mit trockenen Füßen zum Auto kam. Tür auf und ich fiel auf den Sitz. Die erste Anspannung ließ etwas nach. Ich holte tief Luft, startete und fuhr nach Hause.

Dort angekommen, erinnerte ich mich das Wohnzimmer an das Geschehen der letzten Stunden. Da konnte ich mich nicht mehr halten. Mit einem Schluchzen warf ich mich aufs Sofa. Den Tränenstrom freien Lauf lassend, heulte ich mich in den Schlaf.

Wilde Träume verfolgten mich. Reinste Horrorvisionen erschienen vor meinen Augen.

Die aufgeschnittene Brust Romans. Das Herz in den Händen eines Arztes, dessen Augen vor Blut trieften. Genüsslich hielt er das Herz in seinen blutüberströmenden Händen, er lächelte dabei und ging mit dem Herz weg! „Nein!" schrie ich laut, „er ist noch nicht tot, sein Herz wird nicht gespendet! Haaaalt!"

Von meinem eigenen Geschrei und schweißgebadet wachte ich aus diesem Alptraum auf!

Ich richtete mich auf und orientierte mich, wo ich mich befand. Immer noch im Wohnzimmer, immer noch in dem Gefühl der Ohnmacht von gestern. Plötzlich war ich hellwach! Wie spät war es, ich sollte doch gegen 9.00 Uhr in der Klinik anrufen! Der Blick auf die Uhr beruhigte mich sogleich. Es war erst 7.00 Uhr. Ich hatte zwar nicht lange geschlafen und auch schlecht geträumt, doch merkte ich, dass der Rat von Schwester Erika angebracht war, und ich mich trotz der hinter mir liegenden Anspannung und Aufregung, etwas erholt fühlte. Ich stand auf, stellte die Kaffeemaschine an, ging unter die Dusche. Vor meinem geistigen Auge spulten sich die Ereignisse von der Nacht nochmals ab.

„Es wird gut", redete ich mir Mut zu. „Es ist eine angesehene Klinik. Die Ärzte haben Land weit einen guten Ruf."

Ich zog mich rasch an und trank den heißen Kaffee mit Behagen. Das tat wirklich gut. Appetit auf Essen hatte ich weniger. Ich nahm mir eine Banane und ging damit zum Telefon. Es war erst 8.00 Uhr. Ich sollte gegen 9.00 Uhr anrufen. Egal, ich musste es jetzt sofort tun. Irgendeiner wird mir schon Auskunft geben.

Die Nummer wählte ich mit klopfendem Herzen. Das Rufzeichen erschien mir heute besonders laut und schrill. „Sekunden wie Minuten", das fiel mir sofort wieder ein.

Endlich eine Stimme am anderen Ende:

„Rettungsstelle Herzentrum, Schwester Erika, was kann ich für Sie tun?" Immer noch die gleiche Schwester, das ist ja unglaublich, so ein langer Dienst!

„Mein Name ist Winter, ich wollte mich erkundigen wie es meinem Mann Roman Winter geht. Ich hatte in der Nacht mit Ihnen gesprochen, als mein Mann eingeliefert wurde."

„Ach ja ich erinnere mich. Ich freue mich Ihnen mitteilen zu können, dass es Ihrem Mann, den Umständen entsprechend, gut geht. Sie dürfen ihn gern besuchen. Er liegt auf der Wachstation WH2 Zimmer 16. Kommen Sie aber bitte nicht vor 10.00 Uhr! Einen schönen Tag und Auf Wiedersehen."

Ehe ich antworten und mich bedanken konnte, hatte sie den Hörer aufgelegt. Oh Gott erst ab 10.00 Uhr. Was mache ich bis dahin ohne wieder zu verzweifeln? Plötzlich schrak ich zusammen. Ich musste seine Tochter, meinen Sohn und Tochter informieren. Sie hatten das Recht zu erfahren, was heute Nacht mit ihrem Vater passiert ist. Na das war auch mal wieder ich. In solchen Situationen immer die Nerven zu behalten und dann auch noch Strategien zu entwickeln wie und in welcher Reihenfolge alle Dinge zu erledigen sind, ist nicht wirklich meine Stärke!

Ich verwarf sofort diesen Gedanken. Das war eine besondere Situation. Hier handelt jeder Mensch automatisch. Ich hatte richtig reagiert, ihn durch die Herzmassage, bis zum Eintreffen des Notarztes, das Leben gerettet. Also alles im grünen Bereich. Jetzt war der richtige Zeitpunkt anzurufen.

Ich nahm alle meine Sinne zusammen und wählte zuerst die Nummer seiner Tochter Babette. Schneller als ich vermutet hatte war Babette am Telefon.

„Hi Karola, schön, deine Stimme zu hören. Geht es euch gut? Freut ihr euch schon auf eure Schiffsreise?"

Ihre Stimme klang hell und freundlich. Sie konnte nicht ahnen, wie es mir gerade ging. So ein optimistisches Mädel. Immer hatte sie alle Hürden des Lebens gemeistert, den Tod ihrer Mutter gerade halbwegs verkraftet, und nun musste ich ihr diese Hiobsbotschaft übermitteln. Wie stelle ich es an? Egal, da hilft keine Strategie, jede würde die gleiche Reaktion hervorrufen.

Ich versuchte dennoch die Worte genau auszuwählen und sagte:

„Hallo liebe Babette, ja auf die Schiffsreise haben wir uns sehr gefreut, leider müssen wir sie stornieren, da etwas dazwischen gekommen ist."

Ich holte tief Luft und wollte weiter reden, da fiel sie mir ins Wort.

„Hey, was kann denn bei euch dazwischen kommen. Euer Leben habt ihr doch bisher immer gut durchorganisiert. Das Sprichwort: -Rentner haben nie Zeit-, passte doch bis jetzt. Rück raus mit der Sprache, sicher kann ich helfen!"

Prima, da hatte ich mir wohl mal wieder selbst im Weg gestanden. Anstatt ihr quasi mitzuteilen was passiert ist, nahm ich einen Umweg.

„Babette, ich glaube, da kannst du diesmal leider nicht helfen. Dein Vater ist gestern Nacht mit einem Herzinfarkt ins Krankenhaus gekommen. Er wurde sofort operiert. Inzwischen habe ich die Auskunft, dass es ihm den Umständen entsprechend gut geht. Ab 10.00Uhr kann ich ihn dann sehen. Er liegt noch auf der Wachstation. Die Ärzte sind aber der Meinung, dass alles wieder, mit deinem Papa in Ordnung kommen wird. Mehr weiß ich im Moment auch nicht. Es tut mir leid. Ich bin so fertig gewesen, habe die halbe Nacht im Krankenhaus verbracht, die andere Hälfte mit Alpträumen zu Hause. Ich wollte auch erst heute Morgen hören wie es Roman geht. Eher konnte ich dich nicht anrufen. Ich hätte dir so, noch weniger sagen können."

Stille am anderen Ende der Telefonleitung. Ich wartete noch einige Sekunden, dann rief ich:

„Hallo Babette, bist du noch da?"

„Wo soll ich denn sein?", schluchzte es in mein Ohr. „Ich glaube es nicht, da kommt Papa in der Nacht mit einem Herzinfarkt ins Krankenhaus und du informierst mich nicht umgehend! Du weißt, dass er mein Halt ist, nachdem meine Mutter gestorben ist. Ich habe doch nur noch ihn."

Ein lauteres Schluchzen ging in meine Ohren.//

„Liebe Babette, sicher bist du jetzt geschockt. Verstehe mich doch! Die Umstände des Zusammenbruchs deines Vaters waren für mich sehr schockierend. Eben noch fröhlich aus dem Konzert nach Hause gekommen, hörte ich ihn röcheln. Er lag auf dem Sessel, kein Puls, kaum noch Atem. Ich handelte sofort mit Herzmassagen und Beatmung bis die Rettungskräfte eintrafen.

Meine Angst war riesengroß ihn zu verlieren. Die Nerven waren so angespannt, dass mein ganzes Denken und Handeln sich auf deinen Vater fokussiert haben. Erst heute Morgen kam ich halbwegs wieder zu mir. Ich habe dich sofort angerufen. Außerdem ist es nicht ganz richtig, dass du gesagt hast du hättest nur noch ihn. Du hast einen herzensguten Ehemann und zwei allerliebste Kinder. Sicher den Vater oder die Mutter wird man immer vermissen. Dennoch glaube mir, es hilft deinem Vater im diesem Fall mehr, wenn du ihn mit deinem dir eigenem Optimismus begegnest und ihm Mut für die Zukunft machst!"

Babette schwieg wieder. Zaghaft antwortete sie mir: „Sicher hast du Recht mit dem was du gesagt hast, aber auch ich bin mit dieser Situation überfordert. Wir waren am Ende ja alle so glücklich, dass Papa dich getroffen hat. Klar Anfangs konnte ich damit nicht umgehen. Als ich aber sah, wie gut es Papa ging, seit du in sein Leben getreten bist, kam ich damit sehr wohl klar. Dennoch versteh mich, das Erlebnis mit meiner Mutter hat mich geprägt. Du hast allerdings auch in diesem Fall Recht, ich muss mich zusammen nehmen und Papa Mut und Zuversicht geben. Lass uns nachher im Krankenhaus treffen. Wo liegt er eigentlich?"

Ich teilte ihr das Krankenhaus, Station und Zimmernummer mit. Dann beendeten wir das Gespräch.

Ich war an die Grenzen meiner Gefühle gekommen. Töchter reagieren eben sehr emotional, wenn es um ihre Väter geht. Ich selbst konnte mich erinnern, dass es mir mit meinem Vater sehr ähnlich ging.

Tief traurig hatte ich damals seinen Tod zur Kenntnis nehmen müssen. Er war mit 59 Jahren einfach zu jung um schon zu sterben!

In meinem Kopf drehte sich plötzlich alles, ich griff nach der Sessellehne und glitt in den Sessel. Mit geschlossenen Augen versuchte ich zur Ruhe zu kommen. War doch ein bisschen viel für mich gewesen. Mit einem Alter, von inzwischen 68 Jahren, ist man wohl doch nicht mehr so belastbar, wie mit 35! Ich ging in die Küche trank ein Glas Wasser und schaute, wie gewohnt, zur Küchenuhr. Oh Himmel, es war schon 9.00 Uhr! Da musste ich mich sputen in die Puschen zu kommen. Schließlich wollte ich möglichst vor Babette bei Roman sein. Im Badezimmer schnell nochmal die Haare gekämmt, etwas Rouge aufgelegt, damit ich nicht allzu schlecht aussah. Die inneren Gefühle außen vertuschen, das war hier angebracht. Außerdem ist es eine Weisheit, dass es den Menschen meist besser geht, wenn das eigene Spiegelbild Zufriedenheit auslöst.

Jacke, Tasche Autoschlüssel gegriffen und ab ins Auto. Von unterwegs telefonierte ich noch mit meinem Sohn. Alexander baute mich auf und gab seiner Anerkennung zu meiner Rettungsaktion bei Roman freien Lauf. Er drückte mich telepathisch und wünschte uns, dass dieser Albtraum gut ausging und wir unsere Schiffsreise nachholen können. Ich war sehr froh, seine aufmunternden Worte zu hören. Es tat gut in einem solchen Augenblick Anteilnahme, Verständnis, zu spüren. Ich fühlte mich so nicht allein mit meinen Sorgen. Alexander war schon als kleiner Junge sehr empathisch. Im Kindergarten ergriff er meist Partei für die Schwächeren und half ihnen gegen die Ungestümen, Lauten und Hitzköpfe. Er legte in der Schule meist ein Veto ein, wenn seine Mitschüler ungerecht behandelt worden. Nicht immer kam das gut an, aber in seinem Freundeskreis wurde er deshalb sehr geschätzt. Sein Beruf ging dann auch in diese Richtung. Er war Rechtsanwalt geworden. Ich bat ihn Vanessa, seine Schwester zu infor - mieren. Sie weilte zurzeit in Paris. Ein Auftrag ihrer Firma hatte sie dahin verschlagen. Sie würde ein halbes Jahr dort bleiben. Die Fähigkeit simultan zu übersetzen, hatte ihr den Job als Dolmetscherin in einer großen Firma, mit Kontakten in aller Welt, verschafft. Vanessa konnte englisch, französisch und spanisch fließend. Ich war stolz auf meine Kinder. Sie hatten beide im Leben etwas erreicht. Bei Vanessa wartete ich allerdings noch auf die Gründung einer Familie. Dazu waren leider noch nicht der richtige Mann und wohl auch noch nicht der richtige Zeitpunkt gekommen. In Paris anrufen, das wollte ich in meiner Verfassung nicht. Sie wäre sofort geneigt hierher zu reisen. Das konnte ich nicht zulassen. Sie sollte sich ihren Aufgaben widmen und hier konnte sie ja doch nicht wirklich helfen. Deshalb hielt ich es für eine gute Idee Alexander zu beauftragen, sie zu informieren. Noch dazu es ja so aussah, als ob wirklich wieder alles ins Lot kam!

Im Krankenhaus traf ich, und das stimmte mich froh, zuerst bei Roman ein. Er war „verkabelt". ´Zig Schläuche, Fusionen hingen an seinem Körper. Seine Augen waren geschlossen. Sein Atem ging ruhig und der Ton der Herztöne war ruhig. Blutdruck:135 / 85, das lag auch in der Norm, nach meinem Verständnis. Leise ging ich zu seinem Bett. Die Schwester hatte mir einen Kittel und Mundschutz angelegt, um ihn nicht zu gefährden. Ich sah ihn an und konnte meine Tränen nicht zurück halten. Er sah so friedlich, so lieb aus. Mein Herz war voller Zuneigung zu ihm. Ich hatte das Bedürfnis, ihn in die Arme zu nehmen und zu küssen. Doch das ging natürlich nicht. So nahm ich ganz sacht seine rechte Hand, da schlug er die Augen auf und lächelte mich an. Meine Hände zitterten, mein Atem war flach vor Erregung, meine Augen füllten sich mit Tränen. Meine Stimme klang klar, fest und sehr zärtlich als ich zu ihm sprach:

„Zurück in unserem Leben, mein Liebling. Wir fühlst du dich?"

Er zwinkerte mir zu, wie es seine Art war, nahm meine Hand an seine Lippen und flüsterte:

„Danke, für deinen Einsatz, ich bin so glücklich, dass du in mein Leben gekommen bist! Ich danke dem Schicksal und Gott dafür. Du bist mein Schutzengel, mein Leben, mein bestes Stück. Ich verspreche dir, ich werde wieder gesund und dann holen wir alles nach, was wir gegenwärtig versäumen. Karola ich liebe dich über alles. Geh nie wieder aus meinem Leben."

Die letzten Worte hatte die eintretende Babette noch gehört. Sehr gerührt und ein wenig beschämt kam sie auf uns zu.

„Ich bin auch froh, dass Vater dich kennengelernt hat. Dadurch hat sein Leben, gerade weil er nicht mehr ganz so jung ist, wieder mehr an Bedeutung erfahren. Das hat alles einen Sinn. Ich weiß nun, dass die Liebe nie endet, egal in welchem Alter man ist. Junge Leute denken oft, dass es nur bis zu einem bestimmten Alter Liebe, Sex, zufriedene Zweisamkeit gibt. Irrtum! Das habe ich nun begriffen und es macht mich zuversichtlich. Ein Leben lang im Herzen jung zu bleiben, es so anzunehmen wie es ist, einfach jeden Tag, jede Stunde genießen!

Zurück in der Realität

Meine Blicke richteten sich auf den im Liegestuhl friedlich schlafenden Roman.
Die Brille hatte eine Schräglage auf der Nase erhalten, das Buch war ihm aus den Händen geglitten, es bewegte sich im Rhythmus Romans Atem. Leise Schnarch Töne kamen aus seinem leicht geöffneten Mund. Ein Gefühl der Wärme und des Wohlbehagens machte sich in meinem Körper breit.
So ein Glück ! Alles war, wie der Arzt gesagt hatte, gut ausgegangen. Zwei Beipässe halfen den Fluss des Blutes zum Herzen aufrecht zu erhalten. Sicher musste er jetzt einige Medikamente schlucken und die Narbe auf der Brust würde auch noch eine Zeit brauchen, ehe sie verblasste. Das war aber alles nicht der Rede wert. Roman war bei mir! Ich war

nicht allein. Unser Glück darf noch ein wenig existieren. Was heißt hier ein wenig! Ich hoffe doch sehr, dass uns noch viele Jahre vergönnt sein werden!

Mein Blick auf die Uhr sagte mir, dass es Zeit wurde in die Küche zu gehen. Es war mittlerweile 17.00 Uhr. Die Sonne verkrümelte sich gerade hinter unserem Nussbaum.

Meine Überraschung für Roman benötigte noch etwas Zeit. Ich stand leise auf, in der Hoffnung, dass Roman weiterschlafen würde. Doch weit gefehlt. Er räkelte sich auf dem Liegestuhl, die Brille rutschte ihm nun völlig von der Nase und landete neben dem Liegestuhl im Gras. Seine Augen sahen noch sehr schläfrig, aber sehr zufrieden aus.

„Na da habe ich aber was wegeratzt! Wird ja nun auch etwas kühl, seit die Sonne sich hinterm Baum versteckt hat. Wo wolltest du denn hin? Ist es schon Abendbrotzeit?"

„Nee noch nicht ganz. Komm erstmal in Ruhe zu dir und habe etwas Geduld. Ich habe eine Überraschung und die gelingt nur, wenn du schön brav noch ein wenig im Garten bleibst. Ich hole dir eine Jacke und eine Decke, dann wirst du durchhalten. Hier deine Brille ist ins Gras gefallen, nicht, dass du noch drauf trittst."

Schon sehr verdutzt sah mich mein Mann an. Der Blick sagte mir alles! Was hat sie nur wieder ausgeheckt? Das waren wahrscheinlich seine Gedanken.

Ich gab ihm die Jacke und die Decke, hob seine Brille auf und ging schnellen Schrittes in Richtung

Haus und Küche. Ich konnte seinen Blick körperlich spüren, den er quasi, hinter mir herwarf.

Ein erneuter Blick auf die Uhr sagte mir, dass ich mich sputen musste! Noch eine viertel Stunde, dann erschien mein, bestelltes, Gourmet Essen und in einer weiteren halben Stunde würden unsere Kinder mit ihren Familien erscheinen.

Erst wollte ich selbst kochen, aber dann habe ich mir gesagt, dass dieser Tag auch für mich ein ganz Besonderer ist. In der Küche zu brutzeln, war eine Leidenschaft von mir. Heute allerdings wollte ich alles mit allen Sinnen genießen.

Die Tafel zu decken, das war es was mich antrieb. Vorbereitet standen der Tischschmuck, die passenden Servietten und die Blumen aus unserem Garten schon bereit. Ich hatte alles im Keller in der hintersten Ecke am Morgen verstaut.

Das Tafeltuch auf den ausgezogenen Esstisch gelegt. Geschirr, Besteck, Servietten drapiert. Der Tischmuck bestand aus kleinen, selbstgebastelten Tischkärtchen und kleinen grünen Ranken um die Essteller. In die Mitte stellte ich eine niedrige Vase mit den schönsten Rosen aus unserem Garte. Schließlich wollten wir uns beim Essen auch sehen. Kaum hatte ich den letzten Handgriff erledigt, klingelte es an der Haustür!

Der Partyservice war pünktlich! Der junge Mann trug die Speisen in den Wärmebehälter in die Küche. Später würde ich sie in entsprechende Schüsseln einfüllen und auf die Tafel stellen.

Ich bezahlte, bedankte mich und lief so schnell wie ich nur konnte ins Schlafzimmer. Mein Kleid und Romans Anzug lagen griffbereit. Ich war in

Windeseile angezogen, schminkte mir schnell die Lippen und ging in den Garten. Roman sah verdutzt auf.

„Wie siehst du denn aus? Hast du heute noch was vor?"

„Ich nicht, aber wir beide! Geh bitte hoch und zieh dich um. Ich habe dir schon deine Sachen hingelegt. Die Überraschung gibt es dann!"

Schnell rief ich hinterher:

„Geh bitte nicht ins Wohnzimmer, tu mir den Gefallen!"

„Wenn `s weiter nichts ist!".

Roman ging gemächlich zum Haus. Am liebsten hätte ich ihm „Beine" gemacht, aber er durfte keinen Verdacht schöpfen.

Als er endlich im Schlafzimmer verschwunden war, ging ich an den Wohnzimmerschrank. Im untersten Fach hatte ich die Utensilien aufbewahrt, die uns an unser erstes Treffen erinnerten: Das gekaufte Kleid, die Schuhe dazu, die Rechnung meines Eiskaffees und der ausgedruckte Wetterbericht des Tages, welcher lautete:

„Ein Hoch sorgt zurzeit für eine stabile Wetterlage, es bringt viel Sonne und wenig Wolken. Sommerliche Temperaturen bis 25°C. Es wird ein leichter Westwind wehen. Biowetter: Es sind keine besonderen körperlichen Beeinträchtigungen zu erwarten."

Genau, auch die Wetterlage passte zu uns. Ein Hoch im Herzen und unsrer Gefühle, leichte Gefühlsschwankungen beim Einordnen der

Geschehnisse und keinerlei körperliche
Beeinträchtigungen. Das Herzklopfen und der
erhöhte Blutdruck waren in dem Fall nicht als
körperliche Beeinträchtigung einzuordnen.
Ein kleines selbstgeschriebenes Gedicht legte ich
auf seine Serviette

*Als wir uns kennen lernten, da dachten wir noch
nicht,
dass wir uns nicht mehr trennen,
die Liebe nie zerbricht!
Die Jahre sind vergangen, die Zeit wie sie verrann,
das Glück blieb uns erhalten
doch oft denk ich daran:
Dir in die Augen zu sehn,
Und dann die Liebe verstehn.
Ein Leben lang nur mit dir.*

Das Denken vom Ich zum wir!
Du hast mich glücklich gemacht,
Ich hab geweint und gelacht.
Es war mal trüb und mal hell.
Die Zeit verging viel zu schnell!
Doch blick ich heute zurück –
Vermissen möchte ich kein Stück!
Der Himmel weiß was ich fühl,
dass ich Unendlichkeit will!
Für dieses Leben mit dir,
dank ich heut hier!

Meine Gedanken waren so intensiv mit den
Vorbereitungen beschäftigt, dass ich das Klingeln
an der Haustür erst hörte, als es schon einem
Dauerton glich. Roman rief mir zu:
"Hörst du denn gar nicht? Was machst du denn?
Willst du nicht mal gucken, wer da so stürmisch das
Bedürfnis hat uns zu besuchen?"
„Oh, wenn du wüsstest!" dachte ich. Ich ging zur Tür
und nahm unsere Kinder und Enkelkinder in
Empfang:

„Psst, leise, Opa soll noch nicht wissen, dass ihr hier seid. Geht ganz ruhig ins Wohnzimmer und setzt euch auf eure Plätze. Habe Platzkärtchen gemacht. Bitte orientiert euch daran."

Die ganze Familie saß dann am festlich gedeckten Tisch und hatte erwartungsvoll ihre Augen auf die Tür gerichtet.

In diesem Moment trat Roman ins Zimmer fummelte an seiner Krawatte und brummelte:

„Was soll eigentlich dieser ganze Aufzug? Wer war denn vorhin an der Tür?"

In diesem Augenblick riefen alle wie aus einem Munde:

„Überraschung!"

Roman blickte auf und sah ziemlich verdattert aus.

„Was ist denn hier los? Hat denn einer von euch Geburtstag? Das wüsste ich allerdings. Nun raus mit der Sprache, wer ist schwanger, hat einen neuen Job oder was?"

Da ergriff ich das Wort:

„Lieber Roman, da du uns Anfang des Jahres einen Riesenschreck versetzt hast und wir alle so froh sind, dass du weiter hier bei uns sein darfst, habe ich gedacht ich lade alle zu unserem „filmreifen" Kennenlerntag ein. Heute vor sechs Jahren bist du mir im Kaufhaus nachgeschlichen, hast dich an mich rangemacht und bei allen kleinen Verwicklungen ist es uns gelungen heute hier als Paar mit unseren Kindern und Enkelkindern zu sitzen. "

„Na das ist ja die Höhe, ich soll mich ran geschlichen und dich angemacht haben? Anders sah es aus. Du hattest mich in eine Falle gelockt, indem du unentschlossen, hilflos und so bezaubernd am Kleiderständer standst. Alles war Berechnung! Hattest so getan, als ob ich aufdringlich wäre, dabei hattest du es genossen von mir angesprochen worden zu sein! Danach verfolgtest du mich, setztest dich ins gleiche Straßenkaffee, und hast so getan, als ob du überrascht warst mich zu sehen! Nee, nee ihr Frauen dreht alles immer nach euren Vorstellungen. Bloß nicht zugeben, dass du an diesem Tag auf Männerfang warst!"

Diese Worte brachte er so ernst und mit Nachdruck vor, dass unsere Kinder etwas verunsichert und dümmlich drein schauten. Ich kannte mittlerweile Roman recht gut. Er liebte es solche Scherze zu machen und freute sich diebisch, wenn die Umwelt darauf hereinfiel. Als erster gelangte Alexander die Fassung. Klar, Männer ähneln sich ja oft in ihren Späßen. Verschmitzt fragte er:

„Willst du damit sagen, dass ohne die Initiative meiner Mutter, wir heute hier nicht sitzen würden, da du zu feige warst sie anzusprechen und die Gelegenheit zu nutzen? Sie dir auch überhaupt nicht aufgefallen ist, da sie so unscheinbar ist?"

Ich konnte mir das Schmunzeln nicht verkneifen. Ich war gespannt wie mein Schatz sich daraus manövrieren würde.

„Hey, da haben es wir ja wieder! Der Krohnsohn schreitet ein! Ihr seid mir schon eine sehr ausgefuchste Familie! Ich glaube aber, dass das der Grund ist warum ich euch alle so furchtbar in mein Herz geschlossen habe!"

Alle lachten herzerfrischend! Die Späße von Roman waren mittlerweile allen bekannt. In der Vergangenheit hatten wir oft über unser erstes aufeinander treffen amüsiert. Immer wieder wurde diese Anekdote mit Humor widergegeben.

Entspannt äußerte ich:

„So ihr Lieben, wenn wir nicht mit kaltem Essen unsere Mägen füllen wollen, hole ich mal das Menü rein!"

In der Küche angekommen, dachte ich daran, dass meine Erinnerungsuntensilien und das Gedicht so gar keine Beachtung gefunden hatte. Durch Romans Auftreten war dies nun untergegangen. Egal, irgendwann wird er es sehen und mit Sicherheit reagieren.

Sabrina, meine Schwiegertochter, kam mir nach.

„Kann ich dir was helfen?", fragte sie.

„Gern, hier trage doch bitte die Schüsseln mit den Kartoffelbällchen und dem Gemüse rein. Ich komme dann gleich mit der Fleischplatte und der Soße nach!"

Ich hatte Glück mit meiner Schwiegertochter. Immer hilfsbereit, meistens ein freundliches Wort auf den Lippen. Ja das hatte Alexander gut hingekriegt. Dann noch die beiden süßen Enkelkinder. Ich hatte plötzlich das Gefühl, dass ich auf einer Glückswolke dahinschwebe.

Ich nahm die Fleischplatte und die Sauciere und begab mich auf den Weg zum Wohnzimmer. Da hörte ich ein leises Weinen hinter der Tür unserer Gästetoilette.

Ich stellte die Sachen kurz auf die Garderobe und klopfte an die Tür:

„Wer ist denn da so traurig? Kann ich was tun?"
Plötzlich nur noch Stille, kein Laut war mehr durch
die Tür zu hören. Dann öffnete sich die Tür und
Babette stand vor mir. Sie wischte sich die letzten
Tränen vom Gesicht und sagte zu mir:
„Ach ist nichts!" und ging an mir vorbei.
Komisch, wie „nichts" sah das eben gerade nicht
aus. Kopf schüttelnd nahm ich meine Platten und
Schüsseln und stellte sie auf der Tafel ab. Alle
hatten inzwischen Platz genommen. Meine Worte:
„Lasst es euch gut schmecken, guten Appetit!",
wurden von Roman unterbrochen, indem er zu
reden begann:
„Ehe wir mit dem Essen beginnen, möchte ich das
Wort ergreifen. Liebe Karola, ich bin sicher keiner,
der viel Worte macht, doch heute möchte ich dir und
all unseren Kindern „Danke" sagen. Ohne dich,
ohne die Fürsorge und die Anteilnahme aller, würde
ich heute nicht hier so quietsch vergnügt sitzen. Aus
unserer Schiffsreise ist ja damals leider nichts
geworden. Wir hatten uns so gefreut auf diese Zeit.
Nun denn, aufgehoben ist nicht aufgeschoben, so
sagt das Sprichwort. Ich habe erneut Anlauf
genommen und über unseren fünften Hochzeitstag
eine Schiffsreise gebucht. Am Hochzeitstag sind wir
in Dubrovnik, nicht allzu weit von Deutschland. Dort
habe ich für euch alle in einer kleinen Pension
Zimmer reservieren lassen und eine kleine Feier
bestellt. Das Schiff legt an diesem Tag erst 21.00
Uhr ab, so dass wir einen schönen Tag gemeinsam
verleben können! Was sagt ihr dazu?"
Ich sah in die Runde. Wie reagierten die Kinder?
Meine Freude hielt sich auf einmal in Grenzen. Mit

Roman über unseren Hochzeitstag eine Schiffsreise zu machen, das gefiel mir schon. Zugegeben, ich hatte mir erhofft diesen Tag in Zweisamkeit zu verbringen. Was mich, und die Kinder sicher ebenso, nachdenklich machte, war, dass mein geliebter Ehemann alles schon in Sack und Tüten hatte. Er war sich so sicher, dass wir alle mit Freude auf seinen Vorschlag reagieren würden.

Alexander brach, mal wieder, als erster das Schweigen. Ich liebte meinen Sohn deshalb so, da er aus jeder brenzligen Situation, geschickt einen Ausweg fand.

„Also, lieber „Stiefpapa", ich finde es bemerkenswert, wie du dir Gedanken über euren Hochzeitstag machst. Ich finde es auch toll, dass du uns Kinder mit einbeziehen willst. Das macht mich sehr froh, da mir dies beweist, wie glücklich du mit meiner Mutter bist und, dass wir dir auch nicht egal sind. Eines hast du aber bei deinem Vorhaben nicht bedacht. Wir sind alle noch berufstätig. Der Jahresurlaub ist in unseren Firmen schon lange abgehakt und bestätigt. Es ist also so gut wie unmöglich so kurzfristig frei zu bekommen. Die Ferien der Kinder sind darüber hinaus auch schon vorbei. Lieber Roman, ich weiß jetzt nicht, wie wir die Sache hinkriegen. Wenn ich in die Gesichter meiner Geschwister sehe, erkenne ich Zustimmung. Wie lösen wir nun das Problem?"

Roman blickte niedergeschlagen vor sich hin. Ich bemerkte dieses nervöse Augenzucken in seinem Gesicht und wusste aus Erfahrung, dass sich möglicherweise gleich ein Gewitter auslösen würde.

Doch ich hatte mich geirrt. Einlenkend, reumütig und sogar etwas traurig reagierte er.

„Du hast Recht, ich habe das alles nicht bedacht. Meine Freude über das wiedererlangte, lebenswerte Dasein auf dieser Erde, die Euphorie meines immer wieder erlebten Glücks mit eurer Mutter, Schwiegermutter, hat mich verleitet diese Reise zu buchen. Ich wollte euch teilhaben lassen an dieser Lebensfreude. Weiter wollte ich doch nichts. Ja, ich habe ausgeblendet, dass ihr noch nicht, so wie wir, über eure Freizeit verfügen könnt. Tut mir wirklich leid. Ich werde die Reise stornieren. Sorry!"

Jetzt kam ich ins Spiel:

„Hey, was willst du stornieren? Die gesamte Reise, oder nur den Tag in Dubrovnik? Unseren Hochzeitstag auf dem Schiff zu begehen, das ist eine hervorragende Idee von dir. Du hast Recht, wir hatten uns Anfang des Jahres so darauf gefreut. Nun ist alles gut, und wir können unseren Traum verwirklichen. Ich freue mich sehr darauf. Die Idee mit den Kindern den Tag zu verbringen, ehrt dich wahrlich. Da merke ich auch wieder, was für ein Familienmensch du bist. Dafür liebe ich dich. Alex hat mit seinen Worten nicht ganz Unrecht. Es wird für alle schwer, sich so spontan von ihren Jobs loszueisen. Wir sind so stolz auf unsere Kinder, auf ihre Bewältigung des Lebens. Sie stehen alle ihren Mann, oder Frau erfolgreich in ihrem Beruf. Wir werden ihre Entscheidung tolerieren und den Tag in herrlicher, liebevoller Zweisamkeit verbringen. So wie ich dich kenne, hast du auf jeden Fall noch eine andere Überraschung in petto!"

Nun meldeten sich Babett und Sabrina zu Wort. Sie bestätigten, fast unisono, die Einwände von Alexander. Sie stimmten zu, dass wir es verdient hätten, den „Tag" in liebevoller Zweisamkeit zu verbringen und ihn in vollen Zügen zu genießen.

Ich sah Peter an, Babettes Mann, in seinen Augen las ich Enttäuschung.

„Was geht denn gerade in deinem Kopf herum, Peter? Du siehst nicht gerade glücklich aus. Hast du eine andere Meinung zum Thema?"

Peter war ein wenig introvertiert.

Er hatte Glück, dass Babette eine Frau war, die entscheidungsfreudig und dabei auch weitsichtig sein konnte. Ich wusste aber auch, dass durch das Engagement seiner Frau im Beruf, so manches im Familienleben auf der Strecke blieb. Urlaub hatten sie aus diesem Grund schon sehr lange nicht gehabt. Sicher kurze Wochenendtrips, aber das war es schon. Er hatte sich dann oft seine Tochter und seinen kleinen Sohn geschnappt und war mit ihnen allein, wenigstens eine Woche verreist. Für ihn war der Vorschlag von Roman ein Hoffnungsschimmer. Mit Frau, Kindern und nun auch noch mit der erweiterten Familie, das war es was ihm fehlte in seinem jetzigen Leben. Es war ja auch schon mal anders. Früher, als Jule noch klein war und ihr Bruder Max noch nicht geboren, da hatten sie jedes Jahr eine kleine Urlaubsreise unternommen.

Nachdem Babette aus der zweiten Elternzeit heraus war ging es auf der Karriereleiter nach oben. Nun hatte sie nur noch die Arbeit im Kopf, die Familie kam danach. Peter räusperte sich:

„Tut mir leid, wir hatten gerade vorhin das Thema Urlaub. Babette ignorierte in diesem Disput, dass es für eine Familie mit kleinen Kindern sehr wichtig ist, sich wenigstens einmal im Jahr gemeinsam zu erholen, den Alltag zu vergessen. Ich hatte ihr angedroht, dass wenn sie sich nicht dazu entscheidet unsere Wege sich trennen würden. Sorgerecht der Kinder würde ich beantragen, sie hat ja doch keine Zeit für sie! Nun dein Vorschlag Roman, und meine Hoffnungen lagen sehr dicht aneinander. Deshalb meine Gefühlslage. Klar ihr anderen genießt jedes Jahr eure Auszeit. Leider ist mein Wunsch, es euch gleich zu tun, immer wieder von Babette ins Lächerliche gezogen worden. Mit ihrer, ihr eigenen Weitsicht, erklärte sie, dass wir spätestens in zwei drei Jahren in der gesamten Welt Urlaub machen könnten, da dann die finanzielle Seite keine Rolle mehr spielen würde. Sie merkte bis heute wohl nicht, dass Geld in einer intakten, funktionierenden Familie nicht die große Rolle spielt Sie hatte auch vergessen, welche schönen Urlaube sie mit Ihren Eltern als Kind erleben durfte. Am Anfang unserer Ehe hatte sie oft freudestrahlend davon erzählt. Nun ist alles anders. Verzeih mir Babette, aber wenn ich gefragt werde warum ich so bekümmert gucke, dann ist dies der Augenblick für mich gewesen, hier vor allem meine Sorgen und Ängste auszudrücken.

Bemerkenswert ist es, dass dieser Schritt eine reine Verzweiflungstat wäre. Ich liebe dich von ganzem Herzen. Ich wünsche mir nichts sehnlicher, als mit dir und den Kindern glücklich zu sein. Dazu gehört aber auch Kompromissbereitschaft von beiden

Seiten, deine habe ich in der letzten Zeit sehr vermisst. Immer standen deine Belange, die Belange der Firma, die Ansichten deines Chefs im Mittelpunkt.

Du kanntest kein anders Gesprächsthema mehr. Sogar unsere Freunde hast du mit diesen Erzählungen gelangweilt. Einige kommen gar nicht mehr so gern zu uns."

Mit einem Seufzer lehnte er sich im Stuhl zurück. Das war es also, warum Babette in der Toilette geweint hatte. Oh je, unser schöner Kennenlerntag nahm im Moment nicht gerade den erwarteten Verlauf an. So hatte ich mir das nicht vorgestellt. Das Essen war inzwischen nicht mehr warm Der Appetit war allen wahrscheinlich vergangen. Schade! Was war zu tun? Wie konnte diese Situation gerettet werden? Wie kamen wir doch noch dazu gemeinsam einen schönen Abend miteinander zu verleben?

Hier trat Roman auf den Plan. Es war seine Tochter, die hier im Focus stand. Mit seinem väterlichem Gefühl und rationalem Denken richtete er folgende Worte an seinen Schwiegersohn:

„Hör mal Peter, was du jetzt hier abziehst, finde ich nicht fair. Karola hatte unseren Tag akribisch und mit viel Vorfreude geplant. Sie hat euch eingeladen, da sie wollte, dass ihr an unserem Glück teilhaben solltet. Mit deiner Ansprache, die sicher an anderer Stelle seine Berechtigung gehabt hätte, hast du hier auch etwas zerstört. Du fühlst dich von deiner Frau nicht in deinen Bedürfnissen wahrgenommen, bist aber gerade dabei, die Wünsche und Erwartungen deiner Schwiegermutter nicht zu akzeptieren. Ein liebevoll geschmückter Tisch, ausgewählte, leckere Speisen und die Herzlichkeit Karolas bei der Begrüßung müsste dir deutlich gemacht haben, wie wichtig ihr dieses Zusammentreffen der ganzen Familie ist. Bitte sei so freundlich und besprich deine Befindlichkeiten mit Babette. Ich kann dich verstehen, aber hier ist nicht der Ort und auch nicht der Zeitpunkt diese Probleme zu erörtern."

Ich war Roman sehr dankbar für diese deutlichen Worte. Allerdings tat mir Peter auch leid. Babette aber genauso. Sie guckten beide jetzt sehr betreten auf den Tisch. Zugegeben manchmal ist der Zeitpunkt für solche Gefühlsausbrüche nicht immer günstig, meist kommt so was ja auch spontan, und aus der Situation heraus. Im Prinzip, wenn von der „Schuldfrage" gesprochen würde, war Romans Idee vom gemeinsamen Hochzeitstag in Familie in Dubrovnik, der Auslöser. Ich wollte das nicht so im Raum stehen lassen und ergänzte:

„Passt mal alle auf, ich schlage vor, dass ich das Essen neu herrichte, es erwärme.

Ich denke, dass wir, in ungefähr einer Stunde, wieder hier zusammen kommen. Inzwischen könnt ihr euch die Beine vertreten und möglicherweise das eine oder andere klären. Roman wird mir gern helfen. Also macht was draus. Wir sehen uns zirka in einer Stunde und beginnen alles von vorn. Hoffentlich ist es dann möglich, zusammen, den Tag unseres Kennenlernens zu feiern. Die Kinder können derweil im Garten spielen, ist also eure Zeit."

Die jungen Leute verließen unser Haus und gingen gemeinsam in Richtung Stadtwäldchen.

„Ich hoffe nur, dass sie eine Lösung finden", bemerkte ich, mit einem Seufzer begleitet, zu Roman. Er blickte mich an und ich sah, dass ihn die Geschichte sehr mitgenommen hatte.

„Weißt du, ich merke mit einem Mal, dass ich meine Tochter weniger kenne als ich dachte. Sie war zwar immer sehr strebsam und fleißig in der Schule und auch beim Studium, aber dennoch hat sie dabei sich nie vergessen. Sie unternahm sehr viel, ging ins Kino, Theater, Konzert. Manchmal glaubte ich, dass sie sich zu viel zumutete. Als sie dann Peter kennenlernte, war es Liebe auf den ersten Blick. Sie hatten so viele gemeinsame Interessen und Vorlieben. Sie standen beide mit ihren Beinen fest auf dem Boden. Nie im Leben hätte ich gedacht, dass es jemals große Probleme in ihrer Ehe geben würde. Ja die alltäglichen Missverständnisse und Meinungsverschiedenheiten. Das ist die Würze in jeder Beziehung. Ich komme mir im Moment total hilflos vor. Ich weiß natürlich, dass ich hier mit meinen gut gemeinten Ratschlägen völlig fehl am Platz bin. Dennoch, sag mir, was kann ich tun oder lassen?"

Ich liebte es, wenn er so mit mir sprach. Es zeigte mir, welches Vertrauen zwischen uns, in der relativ kurzen Zeit, entstanden war.

„Lieber Roman, ich denke du kannst dich entspannen. Die Idee die „Kinder" allein zu lassen, ihnen Zeit und Raum zugeben, wo sie alle Dinge bereden können, ist richtig gewesen. Pass auf, ich erledige das Versprochene in der Küche, da ich sicher bin, dass es noch ein gemütlicher Abend wird. Du trinkst ganz relaxt dein Glas Rotwein. Dann werden wir sehen und angenehm überrascht sein!"

(Mein unerschütterlicher Optimismus ließen mich diese Worte sagen!)

Mit einem kleinem brummeln, nahm er sein Glas in die Hand und schaute aus dem Fenster. Man hätte meinen können, dass es ihn unbändig interessiert was da draußen los war. Es gab allerdings nicht viel zu sehen. Den Garten, die Bäume, vereinzelt Vögel, und die spielenden Kinder.

Diese hatten sich in den hinteren Teil des Gartens zurückgezogen. Es waren nur ihre Stimmen und ihr Lachen zu hören. Ich wandte mich ab und ging meiner Aufgabe nach. Das Aufwärmen des Essens war sicher nicht die genialste Idee, aber irgendwie wollte ich das vortreffliche Menü nicht einfach entsorgen. Gut, die Qualität war nicht mehr so, wie erhofft, egal es wird schmecken. Hauptsache die unangenehme Angelegenheit zwischen Babette und Peter klärte sich.

Vertieft und sehr beschäftigt mit dem Erwärmen und wieder Herrichten des Essens, nahm ich ein glucksendes Lachen und ein Prusten wahr. Ich blickte aus dem Fenster. Da kamen sie zurück. War die Zeit schon rum? Hatte diese Idee tatsächlich gefunkt? Ich glaubte kaum was meine Augen sahen. Babette und Peter eng umschlungen, Alex und Sabrina hinterher mit einem fröhlichen Gesichtsausdruck. Ich hielt es in meiner Küche nicht mehr aus. Ich warf die Schürze auf den Stuhl und lief den Kindern entgegen.

„Na ihr seht ja aus, als ob sich das Gewitter verzogen hat und die Sonne zwischen den Wolken hervorlugt. Alles wieder in Butter?"

„Nicht so neugierig Karola", ließ sich Peter vernehmen.

„Gehen wir erst mal wieder rein, genießen die vortrefflichen Speisen und würdigen euren Tag. Anschließend werden wir dir und auch Vater berichten, wie es bei uns weiter geht. Eines muss ich dir aber noch sagen, dein Sohn und deine Schwiegertochter sind klasse. Wenn er nicht so gefragt sein würde in seiner Kanzlei, ich würde ihn überreden mit seiner Frau ein Eheberatungsinstitut zu gründen! Nun aber los, wir haben entsetzlichen Hunger und Appetit."

Jetzt war ich doch platt! So schnell und gleich Lösungen parat. Na sicher war es dann nur halb so schlimm, wie es sich vorhin angehört hatte. Zeigte mir aber auch, dass die Liebe bei den Zweien noch nicht gestorben war. Das machte mich sehr froh. Nun konnten wir endlich zu dem kommen, was ich vor, inzwischen zweieinhalb Stunden vorbereitet und geplant hatte.

Roman erschien nun auch mit den Kindern aus dem Garten. Sie waren mopsfidel. Das Lachen der Kinder, die strahlenden Augen und das Blitzen in den Pupillen von Peter und Babette, stimmten mich nun auch gänzlich um. Die trüben Gedanken waren wie weggeblasen. Sabrina trug mit mir, wie schon einmal, unser Festmenü auf. Ich musste eingestehen, die Qualität hatte nicht merklich nachgelassen. Alle am Tisch aßen mit einer solchen Begeisterung und Appetit. Ich konnte kaum glauben, dass vor einigen Stunden es so aussah, als ob unser schönes Fest in Trübsinn und Verbitterung enden würde. Nun hatte sich wohl alles in Wohlgefallen aufgelöst. Dennoch war ich unbändig neugierig, wie diese Kehrtwende den beiden Dickschädeln gelungen war. Meine Geduld wurde einer harten Prüfung unterzogen, da die Kinder noch Nachtisch haben wollten. Ich bereitete schnell die kleinen Eisbecher zu. Zum Glück hatte ich im Vorfeld schon auf diese Frage gewartet. Ich war vorbereitet. Nachdem auch dies verspeist war, wollten unsere Enkelkinder hinaus in den Garten. Ich schaute auf die Uhr, in den Garten ging nicht mehr. In Kürze würde es dunkel und feucht werden. Was also den Kindern vorschlagen. Wir hatten eine kleine, mobile Minigolfanlage für sie erstanden. Davon konnten sie im Moment nicht genug kriegen. Ich motivierte sie diese im Kellergang aufzubauen. Der Gedanke gefiel ihnen. Uns allen war das sehr recht, so waren sie beschäftigt. Es wäre sicher auch nicht förderlich, wenn sie diese Gespräche mit hören müssten. Diese Dinge sollten die Erwachsenen unter sich klären. Die Kleinen wollten wir nicht unnötig damit belasten. Wie schnell schleicht sich in so ein kleines Kinderherz Unsicherheit und Angst ein.

Kaum waren sie verschwunden sahen Roman und ich Babette und Peter fragend an. Roman ergriff als erster das Wort:

„Nun sagt schon, was wurde besprochen?

Gibt es eine Lösung für eure Probleme? Irgendwie seht ihr auf jeden Fall gelöster aus. Nun raus mit der Sprache. Ich bin schon alt und kann mit den

Antworten nicht so lange warten! Ihr kennt das ja: Ach hätten wir es ihm gesagt, nu isser tot!"

„Nee, nee Papa, so schnell stirbt es sich nicht, du bist außerdem noch rüstig und vital. Mal den Teufel nicht an die Wand!" sprach seine Tochter mit einem zauberhaften Lächeln.

„So", Babette ließ die Luft beim Ausatmen zischen

„Ihr habt es ja gemerkt. Wir haben, dank des Vorschlages und der Weitsicht Karolas, diesen Spaziergang genutzt. Als Unbeteiligte, großartige Zuhörer und Ratgeber standen uns Alex und Sabrina zur Seite. Alles haben wir uns um die Ohren geschlagen. All die empfundenen Verletzungen, Missverständnisse, Egoismen und Beleidigungen. Es hat ganz schon gekracht!"

„Na das muss ich sagen", schaltete sich Peter ein, „ich wusste ja, dass Sabrina Temperament hat, heute ist mir das allerdings besonders bewusst geworden. Wir haben beide nur unsere Befindlichkeiten gesehen. Jeder hat gemeint, dass er mit seiner Sicht auf die Dinge im Recht ist. Sicher ist, das kam ebenfalls dabei raus, dass Babettes Kraft den ständig, steigenden Anforderungen und Forderungen nicht mehr voll gewachsen ist. Das zuzugeben, das einzusehen, ist ihr sehr schwer gefallen. Sie liebt ihre Arbeit. Mit dem ihr eigenen Perfektionismus hat sie die Situation noch verstärkt. Die Familie hatte sie total ausgeblendet. Sie ging davon aus, dass es mir gefallen würde, mich um Kinder und Haushalt zu kümmern. Leider ein Trugschluss! Ganz weit hinten im Hinterkopf, kam ihr schon der Gedanke, dass sie, wenn sie so weiter macht, das Heranwachsen der Kinder nicht wirklich erleben würde!"

„Nun mach aber halblang, so habe ich nie gedacht. Es war nur bequem, mich nur um meine beruflichen Belange zu kümmern. Ich sah doch, dass alles mit dir gut lief. Ein Hausmütterchen bin ich ja sowieso nicht. Das hast du auch von Anfang an gewusst!"

„Halt", rief ich. „Ich denke ihr habt Lösungen gefunden. Jetzt fangt ihr doch schon wieder an mit den selbstherrlichen Darlegungen eurer Gefühle und Sichtweisen! Das hatten wir doch schon! Wie soll es nun weiter gehen?"

Alexander sah mich augenzwinkernd an:

„Ja das ist meine Mutter, wenn es darum geht nicht so viel Geschmuse rundherum zu machen, erkennt sie es bei anderen sofort. Selbst, das musst du zu geben, holst du auch gern aus und fängst Geschichten von Urschleim an zu erzählen!"

Nun war ein erlösendes Lachen von allen zu hören. Sicher auf meine Kosten. Ich wollte endlich Schluss mit den ganzen Beziehungsgeschichten haben. Ich wollte mit unserer Familie fröhlich sein, so wie es sich an einem solchen Tag gehört!

„Gut, du hast Recht", meldete sich Babette. Wir haben eine Lösung. Ich werde morgen einen Termin, bei meinem Chef machen und mit ihm über meine Tätigkeit in der Firma reden. Ich weiß, dass ihm sehr viel an mir liegt, da er mit meiner Arbeit sehr zufrieden ist. Ich erwarte von ihm Verständnis und eine Reduzierung der Aufgabenbereiche. Wir haben seit Mitte des Monats einen neuen, jungen Kollegen, dessen Tatendrang nicht zu bremsen ist. Ich denke, dieser kann einige meiner Arbeiten übernehmen. Ich hoffe sehr, dass mein Vorschlag angenommen wird. Eigentlich hat mein Chef meine Anregungen zur Intensivierung und der Effizienz gern angenommen und auch umgesetzt. Ich denke, dass es für mich an der Zeit ist, abzugeben und anderen auch etwas zuzutrauen.

Ich bin zuversichtlich, Peter und ich haben dann auch mehr Zeit für uns, aber natürlich auch mit unseren Kindern."

Ihr Gesicht war jetzt völlig entspannt. Sie wirkte frei und gelöst. Alles was ihr in der vergangenen Zeit auf der Seele lag, hatte sich verflüchtigt. Peter schaute jetzt auch besser aus. Seine Sorgenfalte zwischen den Augenbrauen war nicht mehr ganz so tief.

„Trotzdem, eines muss ich noch bemerken, ohne Alex und Sabrina würden wir hier nicht so entspannt sitzen. Ihre Geduld, ihre feine und verständnisvolle Art mit unseren Problemen umzugehen haben mich fasziniert. Sie stellten die richtigen Fragen, sie duldeten keine Ausreden, sie waren die Coachs in unserer Ehekrise."

Peter lehnte sich nun vollends zurück und saß lässig auf der Couch.

„Musste noch gesagt werden", murmelte er nochmals vor sich hin.

„Mensch, mach mal halblang, wir sind doch keine Coachs in Sachen Ehekrisen oder Beziehungskonflikte. Wir sind einfach Familie. Das gehört, meiner Meinung dazu, dass man sich gegenseitig hilft und unterstützt. Mehr war es nicht und weniger sollte es auch nicht sein!"

Roman rutschte ungeduldig auf seinem Sessel hin und her.

„Hört mal, seid ihr jetzt fertig? Ich habe genug von dem psychologischen Gequassel. Ich will feiern und endlich mit euch auf unsere Familie anstoßen. Wir sind zusammen gekommen, weil es eure Mutter geplant hat. Der Grund, dass wir heute hier so sitzen ist nur einer: Ich habe mich in Karola verliebt und sie in mich! Wir hatten bisher eine wunderschöne Zeit. Wir haben die schwierige Situation mit meiner Herzoperation überstanden. Das hat uns noch mehr zusammengeschweißt. Ich danke dir, liebe Karola auch für das Gedicht. Ich bin noch gar nicht dazu gekommen. Die liebvolle Vorbereitung, die Überraschung, die Kinder einzuladen und die Erinnerungsuntensilien zu präsentieren, das war fantastisch. Schade nur, dass es ein wenig anders geworden ist, als du es erhofft hast. Gott sei Dank hat ja nun alles einen guten Verlauf genommen. Lasst uns also jetzt richtig feiern. Holt die Kinder rein, jetzt geht die Party richtig los!"

Was soll ich sagen, es wurde noch ein sehr schöner Abend. Wir genossen das Zusammensein mit unseren Kindern und Enkelkindern in vollen Zügen.

Wir klärten auch die Geschichte, mit unserer Reise, zum fünften Hochzeitstag. Es stand nun fest, dass wir beide allein die Schiffreise machen werden. Eine gemeinsame Feier würde dann danach stattfinden. Alexander, Sabrina, Peter und Babette wollten diese Feier organisieren. Wir sollten ganz entspannt sein, so die Worte meines Sohnes. Er versprach mir, Vanessa zu überreden an dieser kleinen Familienfeier da zu sein.

Darauf hoffte ich inbrünstig. Wir hatten uns so lange nicht gesehen. Gut über Skype, aber das ist ja nicht dasselbe. Auf jeden Fall ging es ihr in Paris gut. Sie hatte Freunde gefunden und ihre Tätigkeit als Simultanübersetzerin befriedigte sie nach wie vor

Unsere Schiffsreise war unglaublich

Nun war es soweit. Wir saßen im Bus, welcher uns nach Venedig bringen sollte. Für Langschläfer ist so ein Trip nichts. 5.30 Uhr war die Abfahrt geplant. Hatte alles gut geklappt. Das Taxi war pünktlich und die Straßen zu dieser Zeit noch relativ frei.

Der Bus war noch nicht ganz besetzt, da wir noch Leute von anderen Orten abholen mussten. Wir hatten anfangs überlegt, ob fliegen nicht günstiger wäre, entschlossen uns dann zu guter Letzt doch für den Bus.

Die Route ging über Bayern, Österreich nach Italien. Eine Übernachtung zwischendurch machte die Fahrt etwas stressfreier.

Ich saß noch ein wenig angespannt auf meinem Sitz, doch schon nach dem zweiten Halt wich meine Anspannung gänzlich. Nette Leute, das Durchschnittsalter lag wohl bei ca. 55 Jahren, welche fröhlich plaudernd zu stiegen, trugen dazu bei. Ich bin nach wie vor ein Morgenmuffel. Seit ich nicht mehr arbeiten muss, steh ich morgens meist nicht vor 8.00 Uhr auf. Solange ich noch solo war, konnte ich mich austrudeln. Das Zusammensein mit Roman brachte für mich eine Umstellung. ER, immer schon morgens gut drauf und bester Laune. ICH, kleine Augen, gähnend , wortkarg! Irgendwie haben wir beide das in den Jahren hingekriegt. ER steht morgens auf, bereitet das Frühstück, ICH komme dann schließlich so gegen 8.30 Uhr in die Küche. Der Kaffeeduft und der immer liebevoll gedeckte Tisch sowie das freundliche Lächeln meines Göttergattens vertreiben ganz schnell meine morgendliche, grausige Stimmung.

Heute war es ganz anders. Schiffsreisen macht man ja nicht alle Tage. Deshalb war ich in meinem Benehmen wie ein aufgescheuchtes Huhn. Man bedenke, ein Huhn von 68! An Einschlafen zur gewohnten Zeit, gar nicht dran zu denken. Immer wieder überlegte ich, ob wir an alles gedacht hatten. Die nötigen Papiere, die Kamera, hoffentlich auch die richtigen Klamotten im Koffer. Hin und her wälzte ich mich im Bett, bis dann anscheinend der Schlaf mich überwältigte. Der Radiowecker dröhnte mit einem poppigen Song. Zuerst wollte ich nervig ausschalten und mich umdrehen. Dann aber war das Bewusstsein schlagartig hellwach. Unglaublich, wie so ein Vorhaben eine Wesensänderung hervorrufen kann! Ich schnellte also, gegen meine sonstige träge Art, hoch und rief freudig: „ Es geht lohoos!"

„Hmm, was ist denn in dich gefahren",brummelte Roman.

Ich glaubte meinen Ohren nicht. Welche Töne kamen denn da von meinem so aufgeweckten Frühaufsteher?

„Aufstehen, der Bus wartet nicht! Ein wenig frühstücken wollen wir doch auch, oder?"

„Wie spät ist es denn?"

Roman klang immer noch brubbelig. Ich hingegen schnurrte:

„4.00 Uhr, mein kleiner Brummelbär. In einer dreiviertel Stunde kommt unser Taxi. Also keine Müdigkeit vorschützen, raus aus den Federn!"

Roman rekelte sich und nun kam sein Schmunzeln zum Einsatz.

„Ich erkenne dich ja nicht wieder.

So hellwach, und so gute Laune, obendrein zu dieser ungewöhnlichen Zeit! Solltest öfter mal den Wecker auf 4.00 Uhr stellen, dann hast du auch mehr vom Tag!"

Leise vor sich hin kichernd bewegte er sich aus dem Bett. Ich sprang mit einem Satz aus meinem. „Ich bin zuerst auf dem Bad, du weißt doch, ich brauch etwas länger. Heute beeile ich mich aber! Koch doch bitte eine Tasse Kaffee. Ein kleiner Snack würde gegebenenfalls auch nicht schaden"

„Hallo, du merkst aber, dass du mir schon mal wieder sagst was ich zu tun und zu lassen habe. Im Gegensatz zu dir. weiß ich was ich tun muss. Das auch schon um diese Tageszeit!"

Nun lag es an mir einen Schmollmund zu ziehen. „Ach, tut mir leid, ich bin halt sehr nervös! Werde sicher nach der Dusche wieder ruhiger und friedlicher."

Ja, in solchen ungewöhnlichen Momenten gingen mit mir oft die Pferde durch. Ich meinte es sicher immer gut, aber die Bevormundung in manchen Situationen konnte ich nicht unterdrücken. Ich wollte keine Vorschriften machen, ich wollte auch nie meine Auffassungen jemanden aufs Auge drücken. Ich wollte wahrscheinlich nur die Kontrolle haben.

Nun gut, jetzt saßen wir im Bus, alles war ohne irgendwelche Zwischenfälle über die Bühne gegangen.

Ich ließ meinen Blick über die sich langsam erhellende Landschaft schweifen. Die Sonne gewann gemächlich die Macht über die scheidende Nacht. Dieses diffuse Licht über den Feldern, auf denen teilweise schon winzige grüne Hälmchen keimten, gab mir innerlich einen unglaublichen Frieden.

Ein Jahr begann wieder, der Frühling mit seiner neu erwachenden Natur, das Zwitschern der Vögel, all das wiederholt sich von Jahr zu Jahr. Mir kam in den Sinn, dass ich so viele Frühlinge wie ich hinter mir habe, nie mehr erleben würde. Die Strecke zum Endspurt wird von Jahr zu Jahr kürzer. Trotzdem diese empathische Ruhe.

Mein Atem ging gleichmäßig und langsam. Ich musste mich nicht aufregen, ich musste auch keine Panik schieben wegen des Verfallsdatums. Nein, ich gestand mir ein, dass ich gerade in den letzten sechs Jahren so viel LEBEN genossen hatte, mit allen Fasern meines Herzens!

Mein Blick ging zu Roman, na klar, das kannte ich mittlerweile auch schon. Friedlich grunzte er im Schlaf.

Busreisen sind für ihn das beste Schlafmittel. Ich ärgerte mich schon manchmal darüber, da oft so vieles Sehenswerte an uns vorbeiflog. Egal wichtig ist, es geht ihm gut.

Nachdem wir den Brennerpass überquert hatten fuhr der Bus zielstrebig zu unserem Nachquartier. Im Hotel konnten wir vorzüglich zu Abend essen. Unser Tisch lag am Fenster.

Trotz der hereinbrechenden Dunkelheit hatten wir einen Blick auf ein fast kitschiges Bergmassiv. Schnee bedeckter Gipfel , dunkle Nadelwälder. Dazu das Licht und Schattenspiel der Abendsonne. Meine romantische Seele fühlte sich sofort angesprochen. Leise sinnend lächelnd schaute ich aus dem Fenster. Plötzlich riss mich eine Stimme aus meinen Träumen. Ein sympathisches Paar stand am Tisch und fragte höflich, ob sie sich zu uns setzen dürften. Na sicher, warum nicht. Urlaub ist auch dazu da, nette Leute kennen zu lernen.

Bald waren wir in ein angeregtes Gespräch vertieft. Sie kamen auch aus Berlin, allerdings genau aus der entgegengesetzten Richtung. Sie waren schon öfter mit dem Schiff unterwegs. Sie erzählten über ihre schönen Erlebnisse und gaben uns den einen und anderen Tipp mit auf dem Weg. Ich merkte nun langsam, dass die letzte Nacht sehr kurz gewesen war. Verstohlen gähnte ich hinter meiner Hand. Roman blinzelte mir zu. Er beendete gekonnt, mit seinem ihm angeborenen Charme, das Gespräch und wünschte eine gute Nacht.

Im Zimmer konnte ich mich kaum noch halten. Die Zeit im Bad war recht kurz. Zähne im Halbschlaf geputzt, Gesicht schnell gereinigt dann fiel ich ins Bett. Roman hörte ich nicht mehr. Ich schlief tief und fest.

Die Morgensonne schimmerte durch die Vorhänge. Es würde wieder ein schöner Tag werden. Meine Vorfreude und Neugier auf das Schiff verstärkte sich.

„Jetzt trennen uns nur noch wenige Stunden und wir sind am Ziel", murmelte ich leise vor mich hin.

„Was hast du gesagt?" klang es noch ein wenig schläfrig von der anderen Bettseite. Roman war also ebenfalls wach.

„Ach nichts weiter. Komm stehen wir auf, ich habe richtigen Frühstückshunger".

Im Restaurant waren schon fast alle Busreisenden versammelt. Sie standen um das Buffet, holten sich Kaffee oder frühstückten schon.

„Wo setzen wir uns hin?"

„Sieh mal, da sind die netten Leute von gestern Abend, gehen wir hin und fragen ob es ihnen angenehm ist mit uns zu frühstücken".

Natürlich war das kein Thema. Wir wurden willkommen geheißen. Ein fröhliches Plaudern bei einem guten Frühstück und wohlschmeckenden Kaffee nahm allerdings ein schnelles Ende. Der Busfahrer stand plötzlich im Raum und mahnte zur Eile, da es einen Wetterumschwung im Gebirge geben sollte, und wir ja noch einige Fahrkilometer bis Venedig vor uns hatten. Natürlich hatten wir alle Verständnis. Ein Kreuzfahrtschiff kann nicht ewig im Hafen stehen schließlich müssen die Lagezeiten eingehalten werden.

Den letzten Bissen runter geschluckt, nach der Handtasche gegriffen, was sahen da meine Augen? Unser Koffer stand schon in der Halle! Wieso denn das? Ich hatte ja noch nicht mal das Nachtzeug eingepackt Konnte doch Keiner ahnen, dass es so einen abrupten Aufbruch geben würde.

Schnurstracks lief ich auf einen Mitarbeiter des Hotels zu.

„Hören Sie mal, wieso steht hier unser Koffer? Wer hat denn sowas veranlasst, Es muss doch noch Zeit sein, schnell im Zimmer seine sieben Sachen zusammen zu suchen. Mein Beauty Bag ist ja auch noch oben!"

In dem Moment kam ein älterer Herr, so zirka achtzig, auf mich zu.

„Hey was fällt Ihnen ein, lassen Sie meinen Koffer stehen!"

Seine Gesichtsfarbe war rötlich angelaufen und er rang nach Atem. Ich schaute mich um, und sah das Gesicht von Roman. Er amüsierte sich köstlich. Ich fand das aber gar nicht lustig.

„Hör mal, das ist nicht zum Lachen! Ich habe tatsächlich gedacht, das sei unser Koffer. Sieht ja auch genauso aus!"

„Meine liebe Karola, da bist du wohl mal wieder sehr schnell gewesen in deiner Wahrnehmung. Bei genauerem Hinsehen hätte dir auffallen müssen, dass dieser Koffer, obwohl Farbe, Größe, Design unseren sehr ähneln, schon einige Reisen hinter sich hat. Sieh, die Ecken sind schon abgenutzt und der Griff ist auch schon etwas mürbe!"

Ja, da hatten wir es mal wieder. Ich mit meiner Schnelligkeit. Vorschnell, wie ein junges Ding, hatte ich die Lage falsch gesehen. Oberflächlich, nicht in Ruhe die Dinge angehen!

Ja gleich in Panik verfallen! Ob ich das wohl in meinem Leben noch ändern kann? Sicher nicht! Ich bin nur immer wieder froh, dass Roman solche „Einsätze" von mir, gelassen und mit Humor erträgt.

Gut, nachdem das geregelt war, suchten wir unser Zimmer auf und verstauten, alles Nötige. Dann ging es mit dem Bus in Richtung Venedig.

Der befürchtete Wetterumschwung mit Schnee und Eis blieb uns erspart. So fuhr der Bus, dank seines guten Fahrers, ruhig in Richtung Venedig

Die Landschaft war, seit wir aus den Bergen raus waren, nicht mehr so aufregend. Orte, Felder, Industriegebiete wechselten sich ab. Da fielen mir doch glatt die Augen zu und ich ging in einen schläfrigen Dämmerzustand über.

Ein kleiner Stups in meine Seite ließ mich wieder zu mir kommen.

„Wach auf Liebes, wir sind in Venedig! Hier fahren wir gerade zum Hafen. Gleich wirst du unser Schiff sehen!"

Ich rieb mir die Augen und staunte nicht schlecht, wie schnell mal wieder die Zeit vergangen war. Eben noch im Hotel Panikattacke mit dem Koffer geprobt und nun schon in Venedig. Meine Erwartungshaltung war groß. Im Vorfeld hatte ich im Internet viel über Kreuzfahrten gelesen.

Die Reedereien mit Kreuzfahrtschiffen wuchsen ja fast wie Pilze aus dem Boden. Fast jedes Jahr ein neues Schiff, immer größer, immer moderner. Von Aida, Mein Schiff, MSC, Costa über die vielen anderen auf der gesamten Welt, hat sich eine neue Dimension von Kreuzfahrten gebildet.

Ich kann gut nachvollziehen, dass die Venezianer nicht begeistert sind von diesem Ansturm. Die großen Schiffe sind mit Sicherheit für die Lagunenstadt nicht vorteilhaft.

Richtig, solche Gedanken trieben mich auch immer wieder um. Umweltschutz ist von jeher mein Thema gewesen. An und für sich hätte ich die Kreuzfahrt nicht antreten dürfen. Meine Prinzipien kreuzten sich hier mit dem einem unwiderstehlichen Wunsch! Eine solche Reise über Meere und Länder zu erleben war schon sehr lange mein Traum. Schuld an dieser Sehnsucht:

„Das Traumschiff"! Schon früher, als Deutschland noch geteilt war, sah ich mir diese Serie gern an.

Nie hätte ich damals geglaubt in meinem Leben an so etwas teilzunehmen.

Nun war es soweit.

Vor uns lag unser Kreuzfahrschiff! Diese unendliche Größe! Höher als ein Hochhaus! Mein Herz fing an unbändig zu schlagen. Was würde passieren, wenn solch ein Schiff in Seenot gerät? Könnten alle 3000 Passagiere plus Mannschaft gerettet werden?

Was sollten denn diese Gedanken? Hasenfuß lässt grüßen! Immer diese Ängste von mir vor Unbekanntem.

Wir stiegen aus dem Bus, erhielten unsere Koffer. Diese brachten wir zur Abfertigungshalle. Danach war dann Geduld angesagt. Tausende von Menschen wollten auf dieses Schiff.

Die Logistik Menschen und Gepäck in einer angemessenen Zeit an Bord zu bringen, war schon eine Herausforderung. ´

Endlich waren wir an der Reihe. Wir erhielten den Bordausweis. Mit diesem gingen wir auf das Schiff. Ich hielt den Atem an. Solch eine Pracht. Die Aufgänge, die Lifte, die Teppiche! Es glänzte und funkelte überall. Die Kabine war schnell gefunden. Mein Weg führte mich sofort auf den Balkon. Vom 10. Deck sahen die Autos und Menschen im Hafen doch recht winzig aus. Ein Glücksgefühl übermannte mich. Ich drehte mich zu Roman um, in meinen Augen glitzerten kleine Tränen der Rührung. Wir nahmen uns in den Arm. In diesem Moment waren wir beide uns so nah, wie schon lange nicht mehr. Alle kleinen und großen Sorgen des Alltags, Romans Zusammenbruch, alles lag hinter uns. Vor uns eine zauberhafte Zeit.

Wir genossen diese Schiffsreise in allen Zügen. Am ersten Tag gab es eine Seenotübung. Naja, dachte ich bei mir, im Ernstfall wird es wohl nicht so gesittet vorgehen. Dennoch es war mir auch klar, dass diese Übung seinen Sinn hatte. Jeder war somit doch irgendwie vorbereitet und orientiert.

Bei den Mahlzeiten konnten wir wählen zwischen Buffet oder Restaurant. Wir entschieden uns für das zweite.

Das Schiffsrestaurant bot einen umwerfenden Anblick. Alles super elegant und exklusiv. Wir wurden an den Tisch geleitet. Ein Ehepaar saß schon da mit dem Rücken zu uns. Es war ein Vierertisch! Hoffentlich passt es, dachte ich kurz. Da drehten sich die Beiden zu uns und wir erkannten das Ehepaar vom Bus! Na das war eine Überraschung. Was soll ich weiter sagen. Wir verstanden uns während der Reise prächtig. Unternahmen sogar den einen oder anderen Ausflug gemeinsam. Inzwischen kannten wir uns bei den Vornamen. Das half ungezwungener miteinander umzugehen ohne irgendwelche Verbindlichkeiten einzugehen. Ralf und Marina hießen sie. Der Anlass ihrer Reise, war ebenfalls ihr Hochzeitstag. Für sie war es der fünfzigste! Goldene Hochzeit! Das können wir mit Sicherheit nicht toppen. Wir hatten ja gerade die fünf erreicht. Zehnmal so viel! Ich war fasziniert. So viele Jahre zusammen. So viele Höhen und Tiefen in der Beziehung erlebt. Trotzdem zusammengehalten, die Herausforderungen angenommen und neue Wege der Zweisamkeit immer wieder gefunden und begangen! Selten in der heutigen Zeit und in unserem Alter.

Die Reiseroute ging Richtung östliches Mittelmeer: Venedig, Bari(Italien), Rhodos (Griechenland), Limassol (Zypern (griechischer Teil) Haifa (Israel) Katakolon (Griechenland), Dubrovnik (Kroatien), Ravenna (Italien), Venedig

So viele Eindrücke, so viel wunderbare antike Kultur, so viel kulinarische, exotische Köstlichkeiten!

Den nachhaltigsten Eindruck hat Jerusalem hinterlassen. Wir lagen zwei Tag im Hafen von Haifa und somit konnten wir einen Ganztagsausflug nach Jerusalem unternehmen.

Diese Stadt, die historisch eine große Rolle für die Menschheit auf der ganzen Welt spielt, muss man gesehen habe.

Mich beeindruckte der Blick auf den Ölberg, auf die jahrtausendalten Gräber, auf den Tempelberg, wo Kirchen aller Weltreligionen standen. Die Juden, Christen und die Moslems, haben hier ihre Gotteshäuser, Tempel und Moscheen gebaut.

Die Gräber auf dem Ölberg vereinen die Menschen all dieser Glaubensrichtungen.

Dennoch gibt es immer wieder Fanatiker, die drauf und dran sind, solche Kulturdenkmäler der Menschheitsgeschichte zu zerstören. Kriege in den unterschiedlichsten Regionen der Welt sind nicht nur grausam für die Menschen, sondern sie zerstören, unwiederbringlich, geschichtsträchtigen Architekturen.

Unser Hochzeitstag in Dubrovnik war fantastisch. Diese Stadt mit ihrer unendlichen Stadtmauer, die

Gassen, die Plätze, die Restaurants zeigten eine unaufdringliche, altertümliche Eleganz. Nicht zu glauben, wieviel im Krieg zerstört wurde. Mit viel Liebe zum Detail hat die Stadt ihren alten Glanz wieder erhalten.

Wir genossen den Rundgang auf der Stadtmauer und nahmen dann in einem der ansprechenden Straßenrestaurants Platz. Köstlicher Rotwein aus der Region, ein kleiner Snack machten diesen Ausflug perfekt.

Die größte Überraschung hatte sich Roman für den Abend aufgehoben.

Im Restaurant des Kreuzfahrtschiffes hatte er einen Tisch, nur für uns zwei, vorbereiten lassen. Ein Strauß roter Rosen, Champagner im Kühlgefäß, eine erlesene Tischdekoration das war tatsächlich vollkommen!

Ich werde nie vergessen, wie liebevoll und herzensgut Roman diesen Abend gestaltete. Ein wenig beschwipst, vom Champagner, begaben wir uns auf die Kabine.

Erstaunlich, immer wieder, wie jung ich mich fühle, wenn mein Herz von solchen Hochstimmungen beherrscht wird. Wesentlich, das stelle ich auch immer wieder fest, ist nicht die Zahl der Jahre, welche man auf dem Buckel hat, sondern die Summe der glücklichen Minuten, Stunden, Tage und Wochen. Das sich Wohlfühlen, zufrieden sein und genussvoll am Leben teilhaben. Das hält das Herz jung.

Was soll ich hier weiter ausführen? Die Nacht war traumhaft, erquicklich und alle Fasern meiner Seele wurden befriedigt!

Die wunderschönen Tage auf dem Schiff, die Eindrücke, welche wir auf den Landgängen hatten werden unvergesslich bleiben. Als das Schiff in Venedig anlegte, war mir doch etwas wehmütig ums Herz. Der Abschied fiel nicht leicht. Für uns beide, das stand allerdings fest, war es nicht die letzte Kreuzfahrt. Mit einem „schwimmenden Hotel" so viele verschiede Regionen und Länder zu sehen, das hat was! Ich malte mir auch immer wieder aus, dass wir so in kürzerer Zeit die halbe Welt kennen lernen könnten. Nun ja, vielleicht ein wenig übertrieben. Trotzdem !

Das kokettieren mit dem Alter und der uns, bei strotzender Gesundheit, verbleibenden Zeit, ging mir nicht mehr aus dem Kopf! Schnell wischte ich diese dussligen, deprimierenden Gedanken weg. Das Wesentliche ist doch, dass wir das Leben .genossen. Nicht in Selbstmitleid verfielen, sondern es bei den Hörnern packten und es mutig angingen.

Unsere Heimfahrt mit dem Bus verlief ohne große Probleme.

Die Dauer der Fahrt kam mir, zugegeben, irgendwie länger vor. Möglicherweise lag es an der Sehnsucht nach unserem schönen Zuhause, nach den Kindern und Enkeln. Die Müdigkeit schlug auch wieder zu. Ich konnte es nicht fassen! Nie habe ich bei Fahrten, ob Zug, Flug oder Bus, geschlafen. Dieses war immer Roman vorbehalten. Nun hatte es mich noch vor ihm erwischt! Logischerweise brauchte ich auf seine Reaktion nicht lange warten. Mit einem Zwinkern sagte er:

„Na junge Frau ich glaube deine Bemerkungen zu meiner Müdigkeit fallen wohl in Zukunft aus! So eine Schlafmütze! Du verpasst die schönsten Landschaften!"

 Das unterdrückte Lachen hatte ich sehr wohl bemerkt. Er schlug mich mit meinen eignen Worten. Da blieb mir nichts anderes übrig als zu reagieren:

„Hör mal, hast du schon gemerkt, dass deine Karola nicht mehr die Jüngste ist? Es ist zwar bekannt, dass wir Frauen mit dem Alter immer reifer und gescheiter werden Es ist aber nur dadurch möglich, dass sich unser Geist hin und wieder zurückzieht um neue Kraft zu schöpfen! Nur so ist es uns möglich, unseren geliebten, ebenfalls ins Alter gekommenen Gatten, alles zu geben. Der Hintergrund liegt darin, ihr braucht unsere Wärme, Liebe und Fürsorge für ein langes Leben."

„Stopp, nun halt aber die Luft an. Meinst du nicht, dass das auf Gegenseitigkeit beruht?

Na klar hatte er Recht. Ich lächelte ihn an und musste allerdings noch bemerken:

„Wenn ich die Luft anhalte, dann könnte ich, möglicherweise, ohnmächtig werden! Hast du Lust auf Wiederbelebung? Du brauchst keinen Umweg, falls du mich küssen willst, dann tu es doch. Hemmungen in dieser Richtung hast du doch sonst nicht!"

Sein schelmisches Grinsen verriet mir alles. Gut, dass wir solche Situationen mit Humor meisterten. Roman nahm meine Hand, drückte sie. Das sagte alles ohne Worte. Unsere kleinen Scharmützel endeten meist so. Ich lehnte mich an, schaute aus dem Fenster und döste vor mich hin.

Bald werden wir wieder in Berlin sein. War schon gespannt auf die Feier, welche unsere Kinder für uns vorbereiten wollten. Vanessa würde kommen. Ich freute mich wie wahnsinnig, sie endlich wieder in meine Arme zu nehmen

Der Alltag hat uns wieder

Die meisten Menschen, welche wieder nach einer Urlaubsreise nach Hause kommen, denken: „Ach zu Hause sein ist auch wieder schön."

Uns ging es ebenso. Es gab keinen Zweifel darüber, dass die vielen nachhaltigen Eindrücke, die großartigen Erlebnisse in uns bleiben werden unvergesslich sind. Gerade, weil es einen besonderen Anlass gab, und weil es unsere erste Schiffsreise war.

Dennoch unser neues Leben in einem gemeinsamen Heim, wollte ich nie mehr missen. Wir hatten uns geschworen dieses Glück zu genießen und festzuhalten.

Gut, nun waren wir wieder in unseren vier Wänden. Wie überall, in solchen Fällen, waren wir in Haus und Hof gefordert. Roman ging dem Garten „zu Leib", ich kümmerte mich um die Wäsche und meine Zimmerpflanzen. Rollenverteilung wie sie im Buche steht! Bei diesem Gedanken musste ich leise lachen.

„Hallo, worüber lachst du?"

„Ach ich stelle mir gerade vor, dass du die Wäsche machst und ich an der frischen Luft im Garten sein kann."

„Na komm, dann tauschen wir!" sprach`s, ließ das Rasen mähen sein und kam zu mir. Damit hatte ich nicht gerechnet. Mein Gesichtsausdruck war sicherlich auch entsprechend!

„Oh, was machst du denn für ein Gesicht? Passt dir was nicht? Ist doch gar keine schlechte Idee. Ich schmeiß die Waschmaschine an, setze mich mit einem Buch in die Veranda und warte bis sie fertig ist. Dann hänge ich sie auf während die nächste

Maschine läuft. Ist doch nur eine Frage der Zeiteinteilung. Beim Rasenmähen und Unkraut zupfen bin ich ständig zu Gange und muss sehen, dass mein Kreuz nicht meckert. Wo siehst du jetzt Ungerechtigkeiten? Ich will jetzt Wäsche machen, ab in den Garten mit dir!"

Ich war sprachlos! Dieser raffinierte Roman hatte es mal wieder geschafft mir zu zeigen, dass gemeinsam auf keinen Fall einsam ist. Dazu gehörte unsere Aufgabeverteilung im Haushalt. Fröhlich sah ich ihn an und sagte:

„Dafür liebe ich dich! Du weißt du genau wie du mich -Schach matt- setzt. Deine Schlagfertigkeit kennt keine Grenzen. Immer hast du genau das richtige Wort an der richtigen Stelle!"

Nun wusste ich an und für sich schon was kommen musste. Sein breites Grinsen verriet alles!

„Na meene Kleene, hast wohl Schiss, dass de det mit de Jartenarbeit nich so hin kriechst!"

Das bewusste berlinern, machte sehr deutlich, wie er sich amüsierte!

„Na gut ich gebe mich geschlagen. Hast recht wir lassen alles wie es immer war. Jeder macht das Seine!"

So gingen wir schmunzelnd unseren Tätigkeiten weiter nach, als plötzlich das Telefon klingelte:

„Hallo, hier ist Karola!"

„Hallo Mama, hier ist Vanessa!" „

Oh wie schön! Wie geht es dir? Kommst du zu unserer Familienfeier anlässlich unseres Hochzeitstages?"

Das Schweigen am Ende der anderen Leitung beunruhigte mich etwas.

„Was ist los Vanessa, ist was dazwischen gekommen?"

Ich hörte wie meine Tochter tief durchatmete und nach Worten suchte.

„Ja Mama folgendes, ist zwar nicht gerade schön, aber"

„Nun komm auf den Punkt, was ist los?"

„Eigentlich ist gar nichts, drängle nicht, ich möchte die richtigen Worte finden!"

„Hör mal mein Kind, du hattest nie Probleme mit Formulierungen, und das auch in mehreren Sprachen, wie ich weiß. Schieß los!" Plötzlich hörte ich ein leises Schluchzen.

„Kind sprich, ich hör dir ja zu. Du kennst doch meine Art des Frotzeln!"

Vanessa nahm erneut Anlauf und sprudelte dann richtig los.

„In unserer Firma wird umstrukturiert. Der Juniorchef hat die Leitung übernommen. Alle hat das wirklich gefreut. Wir gingen davon aus, dass ein neuer, frischer Wind mit Sicherheit nicht das Schlechteste wäre. Und nun das! Er hat uns mitgeteilt, dass er vor hat Stellen abzubauen, um eine höhere Effizienz der Firma zu erreichen. Das bedeutet mit großer Wahrscheinlichkeit für alle verbleibenden Mitarbeiter die Erweiterung des Arbeitspensums. Ich bin mir im Klaren, dass ich möglicherweise zu denen gehöre, die nicht mehr gebraucht werden. Mein Einsatz in Verhandlungen ist, seit er das Sagen hat, nicht mehr so oft gefragt. Er spricht selbst drei Sprachen fließend und braucht somit keine wie mich!"

„Hat er denn schon mit dir darüber gesprochen, oder ist das deine Version und „Spekulatius"?"
Wieder ein leises Schluchzen.

„Nee aber morgen habe ich ein Personalgespräch mit ihm! Ist doch sonnenklar was dabei herauskommt. Hoffentlich behalte ich die Fassung und heule nicht vor ihm. Ich habe den Job so gern gemocht. Es war alles so, wie ich mir meine Arbeit, mein Leben nach dem Studium vorgestellt habe. Nie hätte ich im Traum daran gedacht, dass es so schnell vorbei ist!"

Ich kannte meine Tochter, optimistisches Denken war nicht unbedingt ihre Stärke. Wenn ich sie früher dazu ansprach und Bemerkungen machte wie:

„Sieh es positiv, immer gibt es einen neuen Weg, wenn der alte beschwerlich und unwegsam geworden ist"

Ihre Antwort meistens:

„Hat mit Optimismus nichts zu tun, sondern eher mit der eiskalten Realität"

Das fiel mir in diesem Zusammenhang wieder ein. Klar, für sie brach erstmal die Welt zusammen, da sie realistisch eins plus eins zusammenzählte. Ihre Denkweise war oft schwarz weiß. Trotzdem, irgendwie passte das Schluchzen, die Panik nicht wirklich zu ihr.

„Hör mal, darf ich dir einen Rat geben?"

„Ich brauch keinen Rat, ich wollte nur meinen Frust und meine unendliche Fassungslosigkeit mit dir teilen. Du hast immer gut zuhören können, immer die richtigen Worte gefunden. Im Moment mag ich aber keine Worte des Trostes oder gute Ratschläge für diese Situation. Es ist ja viel Schlimmer, als du denkst! Ich habe mit ihm eine Beziehung! Als ich ihn vor einem halben Jahr kennenlernte waren wir Beide hin und weg. Liebe auf dem ersten Blick! Ich ahnte bis vor zwei Wochen nicht, dass ich mich in den Sohn des Chefs meiner Firma verliebt hatte! Nun biste sprachlos, oder? Fällt dir dazu auch ein Rat ein?"

Recht hatte sie, diese Eröffnung verschlug mir tatsächlich die Sprache.

„Ich kann dich verstehen. Diese Sachlage ändert natürlich alles! Ist denn eure Beziehung nach der Übernahme des Juniorchefs weiter gegangen. Wenn ja, dann verstehe ich die Aufregung gar nicht. Ihr könntet ein dream team sein. Beide jung, beide im Beruf erfolgreich. Du weißt doch überhaupt nicht was er morgen von dir will!"

„Ach Mama, ich weiß das klingt alles ein bisschen verrückt. Vermutlich mach ich mir unbegründet Sorgen. Ich bin im Moment verunsichert, nervös und angespannt. In der Firma kursieren die schlimmsten Gerüchte. Ich fühl mich auch ein wenig betrogen. Marcel, so heißt er, hat mich im Unklaren gelassen. Er hat mein Vertrauen missbraucht. Warum hat er mir nicht reinen Wein eingeschenkt, als er erfuhr, dass ich in der Firma seines alten Herrn arbeite. Erst als wir uns per Zufall über den Weg liefen, gestand er mir seine Herkunft. Damals fühlte ich mich tief verletzt und hintergangen. Verdammt ich liebe ihn so sehr, dass ich ihm alles verziehen hätte. Doch dann kam der Tag der Verkündigung seiner Übernahme. Danach war er wie verwandelt. Kurz angebunden, nie mehr richtig Zeit für mich. Kaum, dass wir einen Kaffee im nahegelegenen Restaurant getrunken hätten. Vertröstet mich mit der Begründung, dass er im Moment so viel um die Ohren habe! Er meinte, dass es alles nichts mit uns zu tun hätte. Ich wollte ihn doch liebend gern zu unserer Familienfeier mitbringen. Ach Mama, was soll ich nur tun?"

„Du gehst morgen ganz entspannt zu dem Gespräch. So wie du mir die Lage schilderst ist noch überhaupt nichts entschieden. Du weißt sicherlich nicht einmal warum dein „neuer" Chef mit dir reden will. Ich kann mir gut vorstellen, dass er mit der Entscheidung seines Vaters so schnell nicht gerechnet hatte. Unter Umständen hatte er noch ganz andere Pläne und Vorstellungen von seinem Leben! Die Entscheidung seines Vaters kam für ihn mutmaßlich auch überraschend. Versuch doch einmal optimistisch zu sein. Meist wird nichts so heiß gegessen wie gekocht! Ich hoffe es geht in eine gute und zufriedenstellende Richtung. Ich denke an dich! Glaube mir, es wird alles gut. Vertreibe den Spuk, die Dämonen und wende dich den positiven Aspekten zu. Wenn er dich nur halb so liebt wie du ihn, wenn das alles ehrlich war, dann gibt es für mich nichts Negatives. Analysiere eure Beziehung bis zu dem Ereignis, schau dir an ob Positives oder Negatives überwiegt. Bei allem Verständnis für dein Befinden, mach einmal das Richtige. Hab Vertrauen in dich, in deine Ausstrahlung, in dein Wissen und Können. Ich wünsche dir viel Glück und hoffe sehr, dass ich deinen Marcel in 14 Tagen bei uns in Berlin begrüßen kann.

Ich hab dich sehr lieb meine Kleine. Du schaffst das schon!"

Ich hoffte sehr, dass ich die richtigen Worte gefunden hatte. Jedenfalls wirkte Vanessa beim Verabschieden entspannt und ruhiger.

Ich beschäftigte mich noch eine Weile damit. Meine Gedanken gingen in die Kindheit Vanessas. Sie hatte damals sehr unter der Scheidung gelitten. Ihr Vater war ihr ein und alles. Er selbst hatte auch einen ganz besonderen Draht zu ihr. Sie war immer seine Prinzessin. Leider hielt es ihn nicht davon ab, unsere Beziehung aufs Spiel zu setzen und jedem Rockzipfel hinterher zu laufen! Als mein Exmann und ich uns trennten war Vanessa sechzehn Jahre. Voll in der Pubertät und völlig überfordert mit der Situation. Alexander war gerade achtzehn und mitten in den Abiturprüfungen. Erstaunlich, dass er die Zeit der Trennung gelassener hinnahm. Scheinbar lag es daran, dass Jungen eher ihren Müttern zugetan sind. Vanessa verlor kurzzeitig den Blick für die Realität und machte mich für das Ende unserer Ehe verantwortlich. Naja, lange her. Sie hat alles am Ende in die richtige Relation gebracht. Ihr Vater hatte dann, ungewollt, für den Wandel ihrer Einstellung gesorgt. In einem Straßencafé hatte sie ihn, schmusend und dabei weltvergessend mit einer jungen Frau, nicht viel älter als sie, erlebt. Das brachte sie dann auf den Boden der Tatsachen zurück und in meine mütterlichen Arme.
Beziehungen mit Jungen und Männern hatte sie, für lange Zeit, abgeschworen. Ihre Verletzlichkeit und Sensibilität, in diesem Zusammenhang, nahm von ihr Beschlag.

Ich schaute auf die Uhr. Meine Güte es war ja schon zwanzig Uhr. Da es noch immer hell draußen war, hatte ich die Zeit völlig vergessen, Wo war denn Roman? Meine Wäsche hätte längst auf der Leine, bzw. im Trockner sein müssen. Ich schaute durch das Fenster. Kein Roman. Ich ging hinaus und rief nach ihm. Keine Antwort! Wo steckte er nur? Ein schallendes Lachen aus dem Nachbargarten, welches unverkennbar zu Roman gehörte, brachte mich auf seine Spur.

„Guck mal an, er amüsiert sich und ich bin als Lebensberater gefordert!"

Ich könnte den offiziellen Weg über den Garteneingang zum Nachbargrundstück wählen oder den schnellen durch das Loch in der Hecke. Unsere Beziehung zu den Nachbarn war außerordentlich gut, deshalb nahmen wir meist den kürzeren Weg, von beiden Seiten.

Als Roman mich so unverhofft auftauchen sah, blinzelte er mich fragend an:

„Na schon fertig mit der Hausarbeit? Hat ja ziemlich gedauert. Dachte du wirst gar nicht mehr fertig. Schau mal, die Nachbarin hat mich zu einem Glas Bier eingeladen. Ich denke das habe ich mir auch redlich verdient. Der Rasen, der Garten alles wieder im Vorzeigezustand!"

Ich konnte nicht anders, ich grinste nur. Es ging ihm so gut. Er strahlte einfach nur sein Wohlbefinden aus. Ich war so glücklich, dass es in unserer Beziehung so gut lief und es schien so, als würde es nie mehr anders werden bis in alle Ewigkeit!

Ich ging auf ihn zu:

„Ja das hast du dir verdient. Ich bin allerdings noch nicht ganz fertig, da mich Vanessa angerufen hat. Sie brauchte ihre Mutter in einer wichtigen Lebensfrage!"

Ich trug absichtlich so dick auf. Mit Vanessa hatte es ja bislang keine Sorgen und Probleme gegeben. Immer lief alles wie am Schnürchen.

„Vanessa? Seit wann braucht sie denn ihre Mutter?"

„Ist eine längere Geschichte, erzähle ich dir dann."

Eva unsere Nachbarin schaute mich fragend an:

„Gehst du gleich wieder rüber oder trinken wir einen Schluck auf euer Heimkommen? Würde auch zu gern erfahren, wie es mit so einer Schiffsreise geht."

Mir war es inzwischen egal. Die noch zu erledigende Wäsche lief nicht weg. Konnte ich gut und gerne auch noch morgen erledigen. Ich war ja zu Hause! Kein Stress also und das Leben genießen. Ich stimmte zu. So wurde es noch ein netter Abend. Harry, Evas Mann stieß dann später dazu. Er war noch nicht soweit wie wir. Es dauert noch drei Jahre bis er in den Ruhestand gehen kann. Da ihn seine Arbeit sehr ausfüllt, sehnt er den Seniorenstatus auch nicht herbei. Im Gegenteil, seine Bemerkungen waren manchmal ganz schön spitz, wenn es um unsere Planung im Alltag ging. Nicht böse, aber ich hatte das Gefühl, dass das berufliche Dasein für ihn eine wichtige Rolle spielt. Sicher konnte er sich noch nicht vorstellen Tag täglich zu Hause zu sein. Einerlei! Gemeinsam leerten wir dann noch zwei Flaschen Wein. Wir erzählten von unserem Urlaub auf See. Wir müssen es so begeisternd erzählt haben, dass beide überlegten im kommenden Jahr ebenfalls eine Reise mit einem Schiff zu unternehmen.

Gute Nachbarn sind immer wichtig. Es war schon ein Glücksfall, dass Eva und Harry fast in unserem Alter waren. Gut, fast! Harry wurde dieses Jahr zweiundsechzig und Eva war dreiundsechzig Jahre. Wir verstanden uns prächtig, hatten ähnliche Interessen und halfen uns gegebenenfalls gegenseitig! Wir genossen oft gemeinsam den Sommer, in den Gärten unserer Häuser, Wir unternahmen auch Ausflüge oder gingen zu Events in der Stadt. Unsere nachbarschaftlichen Beziehungen waren das I –Tüpfelchen in unserem gemeinsamen Haus. Seit 5 Jahren!

Wieder im Haus fragte Roman sofort nach Vanessa. Ich informierte ihn kurz über die Sachlage. Roman ein Mann „für alle Fälle" wollte sofort mit Ratschlägen und Tipps Vanessa anrufen. Ich schlug ihm das aus dem Kopf.

„Stell dir mal vor, in solcher Situation, wo du selbst noch nicht genau weißt wo der Weg hingeht, kommt einer nervig mit guten Ratschlägen!"

„Du hast Recht. Es liegt eben in meiner Natur, meine Lebenserfahrung gern weiter geben zu wollen. Frei nach Tagore: „ *Was du nicht weiter gibst, geht verloren!"*

„Mag sein, aber hier im Moment nicht angebracht. Außerdem, und da versteh mich nicht falsch, ist Vanessa aus einem anderen Holz geschnitzt als Babette. Sie wusste bisher immer wo das Engagement gefragt ist, und wo sie sich entspannt zurücklegen kann. Diesmal spielen, zugegeben, ihre Emotionen eine große Rolle. Wie du weißt, wo das Herz über den Verstand herrscht kann schnell Chaos entstehen. In die eine, wie in die andere Richtung!" Da zwinkerte mir mein Göttergatte nach altbewährter Art zu. Er hatte genau verstanden was ich meinte. Die erste Begegnung, das erste Treffen hatten bei uns so viele Hormone frei gesetzt. Das in unserem fortgeschrittenen Alter! Kein Ratschlag von außen, nichts und niemand hätte uns rein reden können. Klar am Anfang lief nicht immer alles rund. Hatte ich ja auch zu Beginn geschildert. Die Kinder, unsere jeweiligen Bekannten und Freunde aus unserer „alten" Zeit alle waren sehr skeptisch. Solche Sprüche wie „in eurem Alter geht denn da noch was?" – oder „Kommt ihr euch mit eurem Geturtelte nicht komisch vor?" Meine beste Freundin Erika meinte damals sogar:

„Er ist Witwer, er wird dich immer mit seiner Dahingeschiedenen vergleichen. Lass die Finger davon. Du hast so lange ein Singledasein geführt und nichts vermisst! Ich würde das an deiner Stelle stark überlegen. Die Freiheit aufgeben und nach so vielen Jahren allein. Das geht bestimmt nicht gut!"

Sie hatte sich, wie man sieht vollends geirrt. Gut das ich nicht auf diesen Ratschlag gehört habe. Mein Herz hatte gesprochen. Mein Verstand schaltete sich dann auch ein. Allein bis ans Lebensende ? Niemand der für dich da ist, wenn es mal Probleme gibt? Nein das wollte ich eigentlich nie. Leider hat mich das Schicksal sehr lange auf die Folter gespannt. Endlich war durch Roman der Traum meiner Nächte, die einsam und kalt waren, in Erfüllung gegangen. Einen Lebenspartner mit

Ecken, Kanten und so viel liebenswerten Eigenschaften. Ich war unendlich dankbar!

Nun aber zurück zu Vanessa. Roman und ich einigten uns, den Tag des Gespräches abzuwarten, nicht anzurufen, einfach auszuhalten bis Vanessa sich bei uns meldet. Ich wusste, dass das für mich eine große Herausforderung war. Zu warten bis sie sich meldet! Oh Gott, steh mir bei. Ich konnte nur hoffen und wünschen, dass meine „ Lütte" ihre Stärke, ihren scharfen Verstand, welche sie immer hatte, hier gut einsetzte.

Das Einschlafen an diesem Abend fiel mir nicht leicht. Immer wieder kreisten meine Gedanken um Vanessa. Endlich hatte sie ihren Traummann gefunden auf den sie schon so lange gewartet hatte.

Ich versuchte mich zu beruhigen, indem ich mir einredete, dass Marcel ganz sicher die gleichen Gefühle für meine Tochter hatte, wie sie für ihn! Möglicherweise war dass er mit der Situation „Firmenchef" von jetzt auf sofort, überfordert war. Die Anforderungen an ihn als Juniorchef waren hoch. Er wollte den Erwartungen des Vaters gerecht werden. Die Aufgaben erstellten sich als sehr umfangreich heraus. Die Zeit wurde so für Vanessa knapp. Meine Tochter hatte eine andere Wahrnehmung. Sie fühlte sich im Stich gelassen, zurückgestellt und reagierte entsprechend verletzt! Der Teufel lag hier im Detail.

Das ist für uns als Frauen schwer verständlich. Wir gehen davon aus, dass gerade die Liebe, das Gefühl der Zweisamkeit unseren Vorhaben Flügel verleiht. Desto schwerer gelingt das Umgehen mit Abschottung!

In „Höhlen" verkriechen, alles in alle Richtungen abwägen, dann endlich herausgekrochen kommen und mit breitem Lächeln das Resultat der Brüterrei zu verkünden!

So ungefähr stellte ich mir die Reaktion von Marcel vor. Lag es an meiner Lebensweisheit? War es Hoffnung oder womöglich Blauäugigkeit?

Sicherlich ein bisschen von allem.

Einfach abwarten! Das fällt mir, zugegeben, oft schwer. Ich möchte am liebsten immer schnell eine Lösung. Mit diesem Gedanken schlief ich dann endlich ein.

Am nächsten Morgen, war sofort wieder alles da. Ich hoffte inständig, dass sich meine Tochter mit guten Nachrichten bald meldete.

Der Vormittag verging, der Abend nahte. Immer noch keine Nachricht! Ich musste mich so zusammenreißen nicht zum Telefonhörer zu greifen. Warum rief sie nicht an? Was war los? Konnte doch nichts Gutes bedeuten. Mein nervöses hin und her laufen, den ständigen unruhigen Blick in meinen Augen rief mittlerweile bei Roman Unmut aus.

„Kannst du endlich mal an was Anderes denken! Sie wird sich schon melden. Ihr Tag ist doch nach dem Gespräch nicht vorbei. Sicher ist sie weiter in der Firma und erledigt ihre Aufgaben. Sobald sie zu Hause ist wird sie sich schon melden. Komm her, lass dich drücken, wird schon alles gut"

Sprach´ s und nahm mich in den Arm. Wie gut das tat. Nicht allein zu sein mit seinen Problemen und

Sorgen. Aufgefangen zu werden, Halt zu finden. Das ist das Kostbare in einer funktionierenden Beziehung!

Plötzlich der langersehnte Klingelton. Ich sprang mehr als ich lief und riss den Hörer an mich.

„Vanessa?"

„Ja Mama ich bin´s. Tut mir leid, du hast sicher schon lange auf meinen Anruf gewartet, aber es war heute so viel los in der Firma. Ich wollte doch in Ruhe mit dir sprechen. Nicht nur drei Worte. Das verstehst du doch?"

„Ja mein Kind, das verstehe ich."

Ich spürte instinktiv, dass es besser gelaufen war. Meine dunklen Gedanken erhellten sich spontan.

„Erzähl bitte, ich kann es kaum erwarten!"

„Wie immer, liebe Mutter(das sagte sie immer wenn sie betonen wollte, wie wichtig ich ihr war), hast du exakt mit deinen Gedanken ins Schwarze getroffen. Marcel wollte mich nicht verunsichern, hatte auch nie die Absicht mir die Kündigung zu geben. Er wollte nur sehr genau von mir wissen, wie ernst mir unsere Beziehung ist. Er bedeutete mir, dass in seiner Position keine unklaren Verhältnisse angebracht wären. Er sei, so sagte er, der Sohn seines Vaters und in dem Sinne auch in den Ansichten mehr konservativ. Ich wusste erst nicht was er damit meinte und sah ihn fragend an. Marcel nahm meine Hand, blickte mir tief in die Augen und fragte mich ob ich seine Frau werden wollte! Nach einem halben Jahr! Ich war perplex und panisch. Ich wollte ihn natürlich über einen längeren Zeitraum kennen lernen. Nicht so Hals über Kopf. Ich verstrickte mich in meiner Antwort in

Widersprüchen. Ich konnte ja auch nicht klar definieren, warum ich noch warten wollte. Sein Vorschlag ging dann ganz genau in die Richtung, welche du vermutet hast. Seine Vorstellung war, dass wir gemeinsam mit meinen Erfahrungen in der Firma und seinen brillanten Voraussetzungen ein gutes Team für die Leitung des Betriebes sein könnten.

Mama, mir rutschte immer mehr das Herz in die Hose. Diese Verantwortung für einen guten Betrieb mit hervorragendem Ruf in der Branche. Marcel an meiner Seite und mein Co Chef! Ich war tatsächlich für einen klaren Entschluss überfordert. Ich gab ihm einen dicken Kuss, bedankte mich herzlich für sein Vertrauen und bat um eine Nacht Bedenkzeit. Ich glaube ich verabschiedete mich dann etwas überstürzt. Sein Gesicht sprach Bände. Dennoch hatte ich das vorahnende Gefühl, dass ich mich richtig verhalten hatte. Nun, großartige, allwissende Mutter in Beziehungsfragen, was soll ich tun?"

Diese Frage hatte ich nach der eingehenden Schilderung der Ereignisse erwartet. Ich hatte Roman mit hören lassen und sah ihn spitzbübisch an. Er nickte und verließ den Raum, nicht ohne mir den Daumen hoch zu zeigen und natürlich mit seinem unnachahmlichen Grinsen zu verschwinden.

Ja, der Part lag bei mir. Es war meine Tochter. In vielen Dingen mir schon sehr ähnlich. Vor allem darin Entscheidungen in punkto Beziehungen zu fällen. Immer irgendwie ein Wenn und Aber zu suchen. Ich holte tief Luft und begann zu sprechen:

„Ja ist eine heiße Angelegenheit. Das hättest du dir wahrscheinlich vor einem halben Jahr kaum vorstellen können. Eins ist aber doch entscheidend: Du liebst ihn, das hast du gesagt. Du kannst dir auch vorstellen mit ihm zu leben, sonst wäre bei dir die Panik nicht ausgebrochen bei der Vorstellung, er könnte dir den Laufpass geben. Wo siehst du also das Problem? In der Kürze eurer Beziehung? Das ist ein Punkt. Der zweite, du hast Ehrfurcht vor der hohen Verantwortung mit ihm gemeinsam den Betrieb seines Vaters zu leiten. Ich denke, dass beide Punkte normal sind in deinen Überlegungen. Eines sollte dir aber auch klar sein. Solch eine Chance kriegst du nur einmal im Leben. Der Mann, der dich liebt, bittet dich ihn zu heiraten, darüber hinaus will er nicht nur das Leben, sondern auch die Verantwortung für den väterlichen Betrieb mit dir teilen. Glaub mir, das ist ein Angebot welches es nicht alle Tage gibt. Was sagt dein Herz? Was sagt dein Verstand?"

„Genau das ist der Punkt! Mein Herz schreit lauthals ja! Mein Verstand sagt Vorsicht, alles genau abwägen, Zeit lassen. Das sind die Widersprüche die mich verrückt machen. Ich will Marcel, mit Haut und Haaren. Ich liebe ihn unendlich. Ich habe allerdings Sorge, dass ich ihn noch gar nicht genau kenne. Wie tickt er im Alltag? Wie reagiert er in Stresssituationen? Ist er als Vater geeignet? Will er überhaupt Kinder? Leider haben wir die letzte Frage nur mal kurz gestriffen. Ich bewertete diese Frage auch nicht so hoch, da ich glaubte wir hätten noch genug Zeit darüber zu befinden. Nun bin ich voll in der Nummer drin und finde den Ausweg nicht!"

„Pass mal auf meine Große, ich finde du verkomplizierst deine Situation. Einen Menschen, mit dem du zusammen leben willst, wirst du mit Wahrscheinlichkeit, erst im Laufe eurer Beziehung immer besser kennen lernen. Überleg mal: was zieht dich zu ihm? Was liebst du besonders an ihm? Welche Eigenschaften haben dich bisher fasziniert? In einem halben Jahr kommt da sicher einiges zusammen. Sei kein Hasenfuß! Stell dich deinen Gefühlen, stell dich deiner Verantwortung. Bisher hast du doch in deinem Job alles getan, du hast dich nie vor Verantwortung und Verpflichtungen gedrückt, deine Zuverlässigkeit und Loyalität ist doch sprichwörtlich. Ich verstehe nicht wirklich was dich so hadern lässt."

Meine Tochter schwieg nun am anderen Ende. Es schnäuzte kurz in meine Ohren dann ihre Stimme:

„Genau Mama, das ist der Punkt.

Meine Selbstzweifel sind sicher in Maßen angebracht. Hier muss ich mir jetzt allerdings klar werden, was ich will. Wenn ich in meinen Pass sehe, ist das Verfallsdatum zum Kinderkriegen, ja auch schon am Horizont zu sehen. Ich werde morgen alle meine Wenn und Aber mit Marcel besprechen und ihm das Gefühl geben, wie sehr mich sein Vertrauen, seine Liebe zu mir froh macht. Ich werde zusagen, mit meinem Herzen und meinem Verstand. Mama ich habe dich sehr lieb! Ich hoffe du kannst jetzt wieder ruhiger sein. Ich weiß, dass dir das Glück und die Zufriedenheit deiner Kinder sehr wichtig sind. Dafür einen dicken Kuss."

Ich lehnte mich im Sessel zurück. In meinen Augen schimmerten Tränen. War eine schwierige Geburt. Vanessa ist eben wie sie ist! Wird auch Zeit, dass sie einen Menschen an ihrer Seite hat, der sie versteht und liebt. Was lange währt wird gut, dachte ich. Meine Augen fielen mir auf einmal zu. Ich versank in einen kurzen Halbschlaf und träumte wirres, realitätsfremdes Zeug.

„Was stöhnst du denn? Ist dir ein Allien begegnet? Ich stand auf und umarmte ihn.

„Soweit alles gut, lass es mir dir nachher beim Kaffee erzählen. Ich glaube den brauch ich jetzt. Gehst du uns ein Stück Kuchen vom Bäcker holen? Dann lass mich erzählen. Soweit aber für dich: Im Prinzip geht alles einen guten Weg. Vanessa wird sich in ihr Schicksal fügen!"

Unsere Familienfeier war wunderschön. Wir wurden in ein sehr spezielles Restaurant gefahren, wo uns alle erwarteten. Vanessa war auch da, leider konnte ihr Marcel aus dienstlichem Grund nicht dabei sein. Sie strahlte Zuversicht und Zufriedenheit aus. Alles hatte sich in die richtigen Bahnen gefügt, Nächstes Jahr sollte geheiratet werden, eine gemeinsame Wohnung sollte es aber schon bald geben.

Der Tag wurde wirklich unvergesslich. Mit allen Kinder, Kindeskindern an einem Tisch zusammen. In Glück und Eintracht! Auch bei Peter und Babette hatten sich die Gewitterwolken verzogen. Vieles in ihrer Ehe war neu überdacht worden und auch umgesetzt. Babette hatte erreicht, zweimal die Woche im „Homeoffice" zu arbeiten. Die Kinder waren sehr glücklich, ihre Mutter tagsüber für sich zu haben. Peter ging intensiv seinen Projekten nach und konnte somit auch Erfolge in seiner Firma verbuchen. Alles in allem hatte sich das Blatt zu Positiven gewendet. Unsere Patchwork Family zeigte uns mal wieder, wie richtig es war, uns für ein Leben zu zweit entschieden zu haben.

Roman legte seine Hand auf meine.

„Wie schön, dass es uns so gut geht. Gehen wir davon aus, dass es noch lange so bleibt."

„Wenn wir uns immer wieder vor Augen halten wie trostlos unsere kleine Welt aussah, bevor wir uns kennenlernten, ist es mehr als ein Glücksfall, dass wir diese Chance erhalten und ergriffen haben. Ich bin sehr froh, dass du jetzt wieder bei guter Gesundheit bist."

Alles in allem war den Kindern gelungen unseren fünften Hochzeitstag entsprechend zu würdigen. Das Gefühl der Verbundenheit unserer Kinder, welche unterschiedlicher nicht sein konnten, machte mich unendlich froh. Wenn ich so an die Anfänge unserer Beziehung denke. Daran, dass wir uns nicht im Klaren waren, wie unsere Kinder reagieren würden, wenn sie von unserer Verbindung hörten. Ach das war alles inzwischen Geschichte.

Ja, ich war immer noch sehr froh, dass ich mich damals für das Treffen im Strand Café entschlossen hatte. Was hat es damals für innere Kämpfe gegeben. Dazu kam ja auch, dass ich mich in dieser Zeit in der Aufhörphase meines Berufslebens befand. Ich hatte immer sehr gern gearbeitet. Passte ja auch. Als Single ist das Berufsleben die willkommene Abwechslung. Es gab deshalb immer wieder Phasen, in denen ich überlegt hatte, einfach weiter zu machen. Das Date mit Roman, die somit entstandenen Gefühle und Sehnsüchte nach Zweisamkeit, kam genau zum richtigen Zeitpunkt.

Der Gedanke an mein Berufsleben und die damit verbundenen Erinnerungen breiteten eine innere Unruhe in mir aus. Fünf Jahre verheiratet, neue Sichtweisen auf ein Leben zu zweit bekommen. Es war ja nicht so, dass ich diesen Schritt bereute, im Gegenteil. Oft genug und immer wieder habe ich dem Schicksal dafür gedankt. Wir unternahmen so viel gemeinsam. Wir hatten inzwischen unsere Freunde zu gemeinsamen Freunden gemacht. An Langeweile war nicht zu denken. Das Haus, der Garten verlangten ja auch immer wieder unseren Einsatz.

Dessen ungeachtet empfand ich immer mehr, dass etwas fehlte. Was war nur mit mir los. Ich konnte doch nun wahrhaftig nicht klagen.

Ich nahm die Tageszeitung zur Hand und versuchte zu lesen. So richtig gelang es mir nicht, bis ich die Annonce sah. Eingerahmt und dick geschrieben fiel mein Blick sofort darauf. Ich las:

Englisch für Anfänger und Fortgeschrittene Haben sie Mut, egal in welchem Alter Sie sich befinden!

Telefonnummer, E-Mail Adresse, stand dabei. In meinem Kopf ging ein Gewitter los. Englisch hatte ich in der Schule, war immer eins meiner Lieblingsfächer. Dann aber nie mehr so richtig angewandt und somit verschüttet. Traute ich mir das zu? In meinem Alter. Die Gehirnzellen sollen ja im Laufe Lebens nicht mehr so funktionieren. Stimmte denn das? Nein kann nicht sein. Viele Schauspieler, Politiker, auch Manager in den Betrieben sind oft älter als ich. Die Gedanken waren doch sehr wirr in meinem Kopf. Das Aufzucken und die Begierde es noch einmal richtig krachen zu lassen bereitete mir kurz ein Schwindelgefühl. Ich schüttelte den Kopf, stand auf und ging zu Roman. Er saß mit seinem Buch im Sessel und lächelte vor sich hin. Na da haben wir es ja mal wieder. Für Roman schien die Welt so wie sie war in Ordnung zu sein. Ich unruhiger Geist wollte wieder mehr. Gab mich nicht zufrieden. Ich wollte mehr, als nur Haus, Garten, Freunde treffen, Reisen. Das verstand sicher nicht jeder. Ob Roman mein Anliegen verstand? Ich wollte einfach nochmal eine Herausforderung. Warum denn nicht?

Mit der Zeitung wedelnd ging ich auf ihn zu.

„Darf ich dich kurz stören in deiner Lektüre?"

„Was gibt es denn, deine Augen sprechen Bände. Was hast du auf dem Herzen, spuck´s aus"!

„Naja hier, lies mal!" Ich hielt ihm den Artikel unter die Nase und muss auf ihn mal wieder sehr quirlig gewirkt haben. Roman runzelte die Stirn und sah mich an:

„Was bist du denn so nervös? Welches Problem macht dir denn nun schon wieder zu schaffen?"

„Meine Güte lies doch einfach und sag mir, ob ich mich das trauen soll. Ich hätte schon Lust meine Sprachkenntnisse wieder aufzufrischen. Hilft sicher auch bei geistiger Fitness!"

Roman las und lächelte in sich hinein.

„Ich habe eigentlich schon lange damit gerechnet, dass du mit irgendwas kommst, was du angehen willst. Ich habe gespürt, dass dich der Garten, das Haus und unsere Unternehmungen nicht wirklich befriedigen. Deine immer wiederkehrende Unruhe, deine ständige Unternehmungslust. Immer wieder suchst du nach Abwechslung und Abenteuer. Auf der Schiffsreise warst du ausgeglichener. Ich finde deinen Unternehmungsgeist nicht unbedingt schlecht, aber manchmal würde ich lieber ganz still zu Hause, im Garten ein Buch lesen. Ich bin sehr froh, dass du dich für einen Englischkurs entschieden hast, der bei uns in der Nähe stattfindet. Ich stell mir gerade vor, dass es eine Sprachstudienreise gewesen wär!"

Sein breites Grinsen war wieder da! Den Schalk in den Augen zog er mich zu sich heran.

„Ach Karola, natürlich stimme ich deinen Plänen zu. Zwei Fliegen mit einer Klappe: Erstens du hast eine Aufgabe, die dich neu fordert, zweitens bei der nächsten Reise kannst du dich besser verständigen. Somit habe ich auch was davon. Während du die Schulbank drückst, kann ich lesen oder mit dem PC im Netz unterwegs sein."

Eigentlich hätte ich es mir denken können, dass ich bei ihm mit dem Entschluss punktete. Immer wieder hatte er mir deutlich gemacht, wie froh er ist, dass ich kein Hausmütterchen bin. Mein Streben in der englischen Sprache wieder fitter zu werden, erzielte seine ganze Zustimmung.

Der Abend verlief dann so, dass ich mein altes Englischbuch heraus holte und Roman mit meinen Kenntnissen vollquatschte! Wie immer, gelassen hörte er sich mein Kauderwelsch an. Irgendwann war es ihm dann doch zu viel.

„Nun ist gut, ich glaube dir, dass du noch gut bewandert bist. Komm wir gehen schlafen. Von deinem Gerede ist mir ganz schwindlig geworden."

Am folgenden Tag hatte ich nichts Eiligeres zu tun, als mich beim Sprachkurs anzumelden. Als die Dame am Telefon mittelte, dass sie erst mal schauen muss, ob noch Plätze frei sind, dachte ich einen kurzen Moment:

„Lass alles voll sein!"

Ja, so war ich schon immer, in der Schule, im Beruf, Angst vor der eigenen Courage! Es sollte aber so kommen, wie ich es an und für sich vorhatte. Ich wurde registriert und erhielt die Auskunft, dass mir in den nächsten Tagen, per Post, die Unterlagen zu geschickt würden. Mit Terminen und Vertrag.

Der Tag an dem es losging, war dunkel und regnerisch. Meine Stimmung hatte nicht gerade einen Höhenflug. Ich setzte mich in mein Auto, gab die Adresse ein und fuhr los. Im Kopf drehte es sich alles immer wieder um die gleichen Gedanken.

„Was werden das für Leute sein? Wie ist der Lehrer oder Lehrerin. Habe ich mich mit der Angabe" fortgeschritten" nicht ein wenig zu weit raus gelehnt?"

Alles war halb so schlimm. Es stellte sich heraus, dass wir eine dufte Truppe waren. Das Durchschnittalter lag bei 65! Die Jüngste war 55 Jahre, der Älteste 83!

Es war so eine schöne Zeit. Die Gehirnzellen wurden richtig gefordert. Ich staunte auch nicht schlecht, was bei mir alles noch an Vokabeln abrufbar war. Ich fing an, Zeitungsartikel und kleine Geschichten zu lesen. Schließlich wollte ich ja, dass die Mühe sich gelohnt hatte, Natürlich auch der finanzielle Einsatz. Bewundernswert war für mich der Herr von über achtzig Jahren! Was der alles wusste. Wie er die Sätze zusammenstellte, einfach großartig! Von allein kommt ja meistens nicht. Er war schon immer ein neugieriger, lebensbejahender Mann. Sein Alter spielte demnach keine Rolle, sondern seine Lebensweise, welche aktiv und aufgeschlossen war.

Ich wünschte mir, dass Roman und ich ähnlich in den nächsten Jahren das Leben genießen würden. Ohne Krankheit, ohne großen Sorgen, mit viel Freude und Freunden! Wir hatten ja noch nicht so viel zusammen erlebt. Wir waren noch nicht mal im verflixten siebenten Jahr. Unsere Liebe, daher, noch sehr jung und voller Erwartungen. Wir setzten, demzufolge, immer wieder alles auf eine Karte. Roman las sehr viel, beschäftigte sich mit dem Dokumentieren unserer Reisen und ging regelmäßig zum Herzsport. Ich, die Kreative malte gern, schrieb Gedichte und hin und wieder auch kleine Geschichten. Manchmal holte ich auch meine Gitarre aus der Ecke vor und klimperte so vor mich hin. Es gibt kein Patentrezept wie sich ältere Menschen, nach der aktiven Zeit im Beruf, das Leben lebenswert machen können. Es liegt immer wieder an jedem selbst, wie er es anstellt optimistisch in die Zukunft zu blicken und jeden Tag zu genießen. Keiner weiß wie lange es noch geht. Krankheiten und Schicksalsschläge dann möglichst, noch, abzuhaken, ist nicht Jedem gegeben. Ja, mit

Zuversicht alt werden ist eine Gabe, aber auch eine Herausforderung bis ins hohe Alter.
Diese Weisheit sollte eine harte Probe erfahren.
Gerade noch so zufrieden mit seinem Leben, dem Lebenspartner. Alles im Lot in der Familien der Kinder, dann plötzlich wie ein Blitz aus dem Himmel diese schreckliche Nachricht!

Wenn man glaubt es geht nicht mehr, kommt irgendwo ein Lichtlein her

Wir saßen vorm Fernsehapparat und konnten nicht glauben, was wir da sahen. In Paris hatte es schon wieder einen Anschlag gegeben. Das letzte Mal war die Satirezeitschrift„ Charlie Habdo" im Visier der IS Terroristen. Diesmal ging es gegen die Zivilbevölkerung. Menschen in Straßencafés wurden nieder geschossen .Im Konzert der Gruppe „ Eagles of Death Metal" wurde das Feuer eröffnet. In Panik versuchten die Menschen zu fliehen. Vielen gelang es leider nicht.

Wir saßen fassungslos vor dem Bildschirm. Unsere Gedanken waren bei Vanessa und Marcel. Waren sie in Sicherheit? Junge Leute sind am Freitagabend meistens unterwegs. In Bars, Cafés, Kino oder anderen Veranstaltungen. Ich hielt es nicht mehr aus und wählte die Nummer von Vanessas Handy. Leider meldete sie sich nur mit der Mail Box! Meine Unruhe nahm zu. Roman versuchte mich zu beruhigen und abzulenken. Gelang ihm natürlich nicht wirklich. In seinem Gesicht spiegelte sich allerdings auch die Sorge wider.

Ich saß mit hängendem Kopf auf meinem Sessel. So hilflos kam ich mir schon lange nicht mehr vor. Wenn Vanessa sich doch melden würde. In den Berichten im Fernsehen kamen immer mehr schreckliche Bilder und Nachrichten.

Ins Bett konnte ich nicht. Nochmal und nochmal versuchte ich Vanessa zu erreichen. Es gelang mir nicht. Schließlich verabreichte mir Roman eine Baldrianpille mit der Bemerkung:

„Es ist noch nichts Gewissheit. Versuche positiv zu denken. Bestimmt ist sie in Sicherheit. Komm leg dich ins Bett und versuche zu schlafen."

Er nahm mich in den Arm und begleitete mich ins Schlafzimmer. Das Bad ließ ich links liegen. Egal war mir im Moment tatsächlich alles. Meine Ungewissheit und die Traurigkeit ließen mich nicht los. Die Tränen kamen dann mit Macht. Ich war mit den Nerven am Ende. Irgendwie muss ich dann doch eingeschlafen sein.

Am nächsten Morgen waren alle Befürchtungen und Sorgen sofort wieder präsent. Gegen fünf war ich wach geworden. Seitdem lag ich wach und grübelte. Roman wollte ich nicht stören. Er hatte sich so um mich bemüht. Ich gönnte ihm seinen Schlaf. Wer weiß wozu es gut ist, wenn wenigstens einer die Nerven behält.

Gegen sechs hielt mich dann nichts mehr. Nachdem ich die Morgentoilette hinter mich gebracht hatte, ging ich ins Wohnzimmer. Mein Handy lag noch von gestern auf dem Tisch. Ich nahm es in die Hand. Das leise zittern der Hände nahm ich nicht wirklich zur Kenntnis. Hat sie eine Whats App geschrieben? Gibt es einen Anruf mit Nachricht auf der Mailbox? Nichts dergleichen! Ratlos ging ich in die Küche. Kaffee? „Naja ist eine Idee. Lenkt ja auch ein wenig ab!" waren meine Gedanken.

„Es ist noch so früh am Morgen. Wieso sollte sie anrufen. Sie weiß doch, dass wir gern länger schlafen!"

Die beruhigenden Gedanken, welche ich mir absichtlich immer wieder machte, erzielten nicht den gewünschten Erfolg.

„Gut dann versuch ich es einfach nochmal! Entweder ich wecke sie, egal dann weiß ich wenigstens, dass ihr nichts passiert ist!"

Ich drückte auf „bevorzugte Kontakte" das Bild von Vanessa lächelte mich an.

„Bitte geh ran, bitte, bitte!"

Mein Atemschien plötzlich auszusetzen weil sich am anderen Ende der Leitung eine Stimme meldete.

„Hallo Mama, entschuldige ich konnte dich nicht anrufen. Die Leitungen waren alle überbelastet. Mir geht es gut! Bei Marcel sieht es leider nicht so gut aus. Er war auf dem Konzert im „Batcian Theater". Er hatte zwei Karten für das Konzert der Gruppe „Eagles of Death Metal". Da das nicht unbedingt meine Musik ist, nahm er einen Freund mit. Es soll furchtbar gewesen sein. Kugelhagel aus Schnellfeuerwaffen, mitten in die Menschen! Eine Kugel hat ihn getroffen. Gott sei Dank haben ihn Freunde aus der Gefahrenzone bringen könne. Ein Rettungswagen hat ihn ins Krankenhaus gebracht. Eine Notoperation wurde sofort eingeleitet. Ich bin auf dem Sprung und will gerade hinfahren. Am Telefon sagte man mir, dass er wohl Glück gehabt hat. Alles weitere später. Ich hab dich lieb!"

Ehe ich reagieren konnte hatte sie schon wieder aufgelegt. Nun waren meine Gefühle noch mehr durcheinander. Die Verwirrung schien mir ins Gesicht geschrieben, denn als Roman in die Küche kam sah er mich etwas entgeistert an.

„Sag schon was ist los? Du siehst ja aus, als wenn du gerade vom Weltuntergang gehört hast! Wie geht es deiner Tochter, wie geht es Marcel?"

Ich holte tief Luft und erzählte von dem Telefonat mit Vanessa. Am meisten machte mir zu schaffen, dass meine Tochter beinah mit dabei gewesen wäre. Die kurze Erleichterung, dass sie somit verschont blieb hielt nicht lange an. Ich spürte wie sich mir der Magen krampfte. Vanessa in dieser Situation allein, so weit weg. Wie gern wäre ich jetzt bei ihr in der Nähe gewesen! Hoffentlich ging mit Marcel alles gut!

Roman versuchte mich zu beruhigen. Er kochte mir einen Tee zur Beruhigung. Mehr ging nicht. Was sollten wir denn tun. Es galt abzuwarten und zu hoffen, dass sich alles zum Guten wendete.

Nein was war das für eine Welt geworden. Nun schon der zweite Anschlag in Paris. Erst im Januar der Anschlag auf die Satire Zeitschrift „ Charlie Habdo" und nun das. Über hundert Menschen sind ums Leben gekommen. Tausende verletzt. Zum Teil schwer. Ich war aufgerüttelt und aufgebracht. Was veranlasst junge Menschen zu solchen Taten? Ich bin ein Kind der Nachkriegsjahre. Trotz der Politik des kalten Krieges, lebte jeder irgendwie im Gefühl der naiven Sorglosigkeit. Konflikte gab es natürlich. Die RAF, das Treiben in den afrikanischen Ländern, der Vietnam Krieg, die Beendigung des „ Prager Frühlings usw. Bei all diesen Ereignissen war ich noch sehr jung. Außerdem weit weg. Die Nachrichten wurden damals auch noch anders interpretiert. Was mich tatsächlich damals bewegte, war der Einmarsch der Sowjetarmee in Prag. Ich war kurz vorher dort gewesen. Mit meinen fast 19 Lenzen hatte mich alles fasziniert. Die Hoffnung der Menschen auf einen demokratischen Sozialismus wurde zunichte gemacht. Es gab kein Aufmucken in der sozialistischen Staatengemeinschaft! Es war noch nicht der richtige Zeitpunkt. Mit dem Fall der Berliner Mauer nahm der Umsturz in den anderen Ländern seinen Lauf. Völker lassen sich nicht ewig einschüchtern und bevormunden. Freiheit im Denken und Handeln für alle Bürger des Landes, ist das was die Menschen umtreibt.

Nichts anderes wollten die Menschen in Syrien und den anderen arabischen Staaten.

Leider hat sich ihre Vision gegen sie gestellt.

Der Angriff ging auf die Zivilbevölkerung. Der Krieg im Irak und Syrien, die fanatischen Verfechter von einer islamischen Welt waren in Europa angekommen.

Mittendrin mein Kind und deren Lebensgefährte. Meine Gefühle, meine Gedanken konnten sich nicht beruhigen. Ich setzte mich an den Schreibtisch.

In solchen Situation half mir immer das Schreiben. Ich kann generell besser mit unvorhergesehenen Situationen umgehen, wenn ich sie aufschreibe!

Was ist nur los in dieser Welt,
dass das Leben so wenig zählt.
In Paris gab es ein Massaker, folgenschwer
Was treibt sie um? Wo kommen sie her?
Das Ziel ist uns allen bekannt
Sie wollen Unruhe stiften in Stadt und Land
Europa mit all seinen Werten, der Philosophie
Wird nicht akzeptiert, passt nicht zu ihrer Ideologie
Die hat nichts zu tun mit Religion und Gott
Sondern die Weltmacht ist ihr Plan, ihr Komplott
Warum müssen sie uns so hassen?
Wir können es tatsächlich nicht fassen
Junge Männer verschenken einfach ihr Leben
Was liegt ihnen daran einfach alles zu geben?
Können wir tatsächlich nichts machen
Wenn Fanatiker das Feuer entfachen?
Doch, mit dem Gefühl und der Zuversicht,
Unser Leben hat einen Sinn, doch deren nicht!
Gemeinsam immer wieder aufzuzeigen
Unsere Werte stimmen, und wir verneigen
Uns vor den Toten und ihren Familien mit Trauer
Die Gewalt zu bremsen, sie ist nicht von Dauer!
In die Zukunft zu sehen und zu wissen wie gut
Ein Leben in Freiheit und Frieden uns tut.

Nicht unterkriegen lassen. Nicht in Hass verfallen. Nicht starr und gelähmt, ängstlich sein! Diese Überschriften und Kommentare konnte ich in allen Zeitungen immer wieder lesen.
Wie sollte das gehen? Mein Kind hatte sich immer noch nicht gemeldet.

Ich versuchte mich mit allen möglichen Dingen abzulenken. Immer auch wieder mit dem Gedanken, dass sicher alles wieder gut wird. Ich hatte inzwischen erfahren, dass Vanessa schwanger war. Ein Grund mehr zur Sorge!
Ich nahm mir mein I Pad und legte mich auf das Sofa. Leise, beruhigende Musik strömte in meine Ohren in mein Gehirn. Mein Körper, meine Glieder würden schwer. Sicher war ich eingeschlafen. Der Klingelton meines Handys brachte mich in die Gegenwart zurück. Der Kurzschlaf hatte mir einen schönen Traum beschert. Sandstrände, Möwen, strahlende Sonne, rauschendes Meer. Nun war ich in der Realität! Ich griff zu, auf dem Display sah ich das Bild von Vanessa. Mein Puls ging schneller. Ich drückte auf Annahme:

„Hallo mein Kind erzähle, was haben die Ärzte gesagt? Wie geht es Marcel?"

Das kurze Schweigen, das tiefe Atmen von Vanessa verhießen nichts Gutes. Ich klammerte mich an der Stuhllehne fest. Da hörte ich ihre Stimme. Sie war ruhig, zu ruhig!

„Mama, ich möchte, dass du dich setzt. Leider kann ich keine guten Nachrichten übermitteln." Wieder eine Pause, ein leises schnäuzen „Marcel liegt immer noch im Koma. Die Ärzte haben geringe Hoffnungen, dass er es schafft. Sie geben ihn allerdings noch nicht auf. Ich warte auf ein Wunder. Beten sollte helfen. Im Moment fühle ich eine tiefe, unendliche Leere in mir. Ich will es nicht wahr haben, dass unser Glück, so kurz, dabei so intensiv, schon zu Ende sein soll! Mama ich fühle mich so allein!"

Nun war es mit der Fassung vorbei. Meine Tochter hörte ich unendlich schluchzen. Alle meine Beruhigungsversuche scheiterten: Was soll man auch in einem solchen Augenblick sagen. Es gibt keinen Trost. Es gilt nur, in diesem Moment, zu zuhören, Hoffnung zu geben. Mir selbst war auch zum Heulen. Ein dicker Kloß im Hals erschwerte mir das Sprechen. Ich hörte mich sagen:

„Vanessalein, verzage nicht. Solange die Ärzte ihn nicht aufgeben, gibt es noch Hoffnung! Willst du, dass ich komme?"

Das Schniefen und Schluchzen verringerte sich etwas.

„Mami, ich fühl mich nur so, ich bin es nicht wirklich. Erstens habe ich unser Kind, ganz fest in mir. Das gibt mir auch Halt. Die Verantwortung für so ein kleines Wesen werde ich tragen. Es ist auch Marcels Kind. Deshalb muss ich stark sein. Ist im Moment nicht einfach, trotzdem oder besser gerade, für unser Kind! Hinzu kommt, dass sich unsere Freunde, die Arbeitskollegen, und nicht zuletzt Marcels Vater rührend um mich kümmern."

„Du hast aber eben sehr unglücklich und traurig geklungen, als du sagtest du fühlst dich so allein. Du weißt, ich kann sofort los fahren. Roman wird es verstehen und mit Sicherheit unterstützen. Ich würde sehr gern bei dir sein!"

Das Zittern und Bibbern in meiner Stimme überhörte meine Tochter natürlich nicht.

„Mama, bitte warte noch ab. Ich kann mir vorstellen wie es in dir aussieht. Überstürze nichts. Bei allen dem schrecklichen Geschehen sind die Menschen in Paris noch alle sehr traumatisiert. Bleib bei

Roman, auch er braucht dich. Ihr habt das Glück ein gemeinsames Leben in eurem fortgeschrittenen Alter erleben zu dürfen. Nutzt jede Minute, jede Stunde, jeden Tag, Monat, Jahr. Ich verspreche dir, dass ich mich sofort melde, wenn ich dich brauche, wenn es was Neues gibt. Ich hab dich lieb Mama. Grüß Roman. Ich werde tapfer sein und auf Gott vertrauen. Unser Glück darf nicht sterben!

„Tschüss mein Kind, ich wünsche dir Kraft und Zuversicht. Grüß bitte Marcels Vater. Ich bin froh, dass er in dieser Stunde auch dir beisteht, wo ihn doch mit großer Wahrscheinlichkeit die Sorge um seinen Sohn völlig in Anspruch nimmt."

Wir legten beide auf. Die Stimmung war etwas besser. Dennoch ließ mich ein mulmiges Gefühl nicht los. Warum Marcel? Warum überhaupt all diese jungen Menschen. Mitten im Leben, noch so viel vor!

Roman betrat das Zimmer.

„Ich hatte Stimmen gehört. Hast du mit Vanessa gesprochen? Willst du mit mir darüber reden?"

Ich nickte und berichtete kurz. Meinen Wunsch zu Vanessa zu fahren und ihre Reaktion behielt ich noch für mich. Irgendwie hatte ich doch Angst, dass die Aufregung Roman nicht unbedingt förderlich wäre. Der Herzinfarkt lag ja so lange noch nicht zurück. Ungeahnt umschlangen mich seine Arme. Er gab mir einen Kuss auf die Wange und sagte:

„Was hältst du davon, wenn wir in den Flieger steigen und zu deiner Tochter fliegen. Dann bist du vor Ort, machst dir dein eigenes Bild und entscheidest dann."

Nun musste ich raus mit der Sprache. Ja ich teilte ihm mit, dass der Gedanke auch bei mir schon aufgekommen war. Ich ihn auch mit Vanessa besprochen hatte, sie allerdings, der Meinung war, dass ich noch abwarten sollte. Gern, viel zu gern wäre ich sofort los gefahren. Ich verstand eben die Bedenken meiner Tochter. Ich hatte auch das Gefühl, dass sie sich davor fürchtete meine mütterlichen Sorgen und Unruhen ertragen zu müssen. Innerlich gab ich ihr Recht. Ich neigte in solchen Augenblicken dazu maßlos zu übertreiben. Ich konnte eher ein Fluch als ein Segen sein! So ergab ich mich den Argumenten. Roman bedeutete mir, in seiner einfühlenden Art, dass ich den Wunsch Vanessas akzeptieren sollte.

Ich gab mich geschlagen. Er hatte ja wirklich überzeugt. Wir wussten noch gar nicht wie der Gesundheitszustand von Marcel sich entwickeln würde. Vanessa war kein kleines Kind mehr. Typisch ist, und das traf wahrlich nicht nur auf mich zu, Mütter sind Glucken. Wir fühlen uns, bis ins hohe Alter unserer Kinder, immer gefordert ihnen mit Rat und Tat beizustehen. Egal ob sie es wollen oder nicht! Mütterliche Emotionen können so auch die Selbständigkeit und die Abnabelung der „Sprossen" erschweren. Ich hatte solche Tendenzen auch immer mal wieder. Besonders in brenzligen Situationen fühlte ich mich gefordert. In gewisser Weise ist das nicht schlimm. Es müssen nur die Grenzen erkannt werden! Hier half es, dass ich nicht mehr mit mir und meinen Gedanken, Befürchtungen und Sorgen allein war. Roman war da. Immer wieder! Ohne ihn wäre ich sicher sofort losgedüst.

Bei Alexander war es anders. Er ist zwar auch mein Kind, aber er hatte einen gänzlich anderen Charakter. Er konnte, wie ich schon mal bemerkte, immer wieder mit unvorhergesehenen Ereignissen besser umgehen. Es gab für ihn Alternativen, neue Wege. Es gelang ihm festgeschriebene Konzepte völlig über Bord zu werfen, alles neu zu überdenken und mit Energie umzusetzen. Sein Gemüt, seine Gelassenheit hatten ihm so manches Mal auch seinen „ Hintern" gerettet.

Das Abschweifen meiner Gedanken zu Alexander machte mir bewusst, dass ich ihn noch gar nicht kontaktiert hatte. Verflixt, es war seine Schwester, die in Paris, durch einen Wink des Schicksals nicht körperlich verletzt war. Seelisch ging es ihr mutmaßlich nicht gut. Ob sie mit ihrem Bruder schon gesprochen hatte? Alexander lebt nicht in einem abgeschiedenen Loch! Für mich stand fest, dass sie Kontakt zueinander hatten. Dennoch, ich griff zum Hörer und wählte die Nummer von Alex. Seine Stimme klang ruhig und freundlich wie immer:

„Na Mutter wo drückt der Schuh? Wie geht es dir? Alles in Butter?"

Diese Ansprache machte mich stutzig. Wie konnte er so fragen? Hatte er tatsächlich keinen blassen Schimmer?

„Hallo Alex", begann ich „hast du was von deiner Schwester gehört?"

Er zögerte mir etwas zu lange mit der Antwort.

„Du brauchst mich nicht zu schonen, falls du weißt was passiert ist. können wir ganz offen darüber reden!"

Die Überraschung hörte ich aus seiner Antwort:

„Du hast mit Vanessa gesprochen. Du weißt also über alles Bescheid! Nun gut, dann sag was du von mir hören willst!"

„Ich wollte eigentlich nur erfahren inwieweit du über die Situation deiner Schwester informiert bist. Ich weiß ansonsten alles. Wir können im Moment nur hoffen, dass Marcel den Kampf gewinnt. Er darf nicht sterben. Schließlich braucht das Kind einen Vater. Ich weiß aus Erfahrung, dass es nicht leicht ist Kinder ohne Vater groß zu ziehen. Sicher, es gelingt in den meisten Fällen, besser sind trotzdem beide Eltern für die Kinder!"

Alexander schien von der Schwangerschaft noch nichts zu wissen. Deshalb war seine Reaktion entsprechend.

„Von welchem Kind sprichst du? Vanessa ist schwanger? Von Marcel? Jetzt verstehe ich auch warum sie mich ins Vertrauen gezogen hat zwecks ihrer Hochzeitspläne. Sie deutete an, dass sie vorhat noch vor Weihnachten zu heiraten. Ich verstand nicht, warum so überstürzt. Ich glaubte, dass es mit der gemeinsamen Arbeit in der Firma zu tun hatte. Ich nahm an, dass ein Ehepaar in der Chefetage mehr Respekt erhält. Nun diese Überraschung! Ich werde also Onkel! In diesem Fall muss natürlich Marcel kämpfen! Er wird es schaffen. Glaub mir Mutter!"

Ich hoffte inständig, dass mein Sohn Recht behält. Die Unruhe in mir wollte nicht aufhören. Immer wieder hatte ich die schrecklichen Bilder aus den Nachrichten vor Augen. Es waren ja schon so viele gestorben!

„Bitte lieber Gott, lass es nicht zu, dass Marcel schon gehen soll. Er hat hier auf der Erde noch immens viel zu tun!" Stoßgebete in solchen Momenten gehörten auch zu mir. Je reifer und älter ich wurde, desto mehr klammerte ich mich daran, dass es einen Gott geben muss. Ein Leben nach dem Tod? Schon eine abartige, aber sehr schöne Vorstellung.

Was mich dann aber zweifeln ließ, waren Kriege, Hungersnöte von Menschen, die als Unbeteiligte sterben mussten, weil eine Handvoll Macht – und geldgieriger Despoten nur an ihr persönliches, millionenschweres, exzellentes Leben dachten. Wo war hier die Gerechtigkeit? Wo war hier Gott?

Dennoch die Hoffnung nicht aufgeben! Trotzdem positiv denken! Jedenfalls nicht in Lethargie und Trägheit verfallen.

Die Tage vergingen. Kein Lebenszeichen, kein Anruf! Ich nahm bewusst Abstand, da ich daran glaubte, dass Vanessa die Zurückhaltung von mir, eher half, als ein ständiges Nachfragen des Zustandes.

Endlich, endlich der ersehnte Anruf:

„Hallo Mama." Ihre Stimme klang hoffnungsvoll.

„Ich komme gerade aus der Klinik. Entschuldige, dass ich die Tage nichts von mir hören ließ. Ich wollte erst Gewissheit haben und euch nicht mit Spekulationen belasten. Ich bin beruhigter. Es sieht besser aus. Die Ärzte meinten, dass Marcel ein Kämpfer ist. Er hatte auch großes Glück, dass keine inneren Organe verletzt sind. Der hohe Blutverlust war ein großes Risiko. Sie glauben, dass er morgen aus dem künstlichen Koma geholt werden kann. Ich hoffe inständig, dass alles gut wird. Unser Kleiner strampelt unaufhörlich. Er scheint signalisieren zu wollen, dass er ebenfalls ein Kämpfer ist. Ich hab euch lieb! Jetzt ist dann auch der Zeitpunkt gekommen, wo ich mich auf einen Besuch von euch sehr freuen würde!"

Ich atmete tief und teilte Vanessa meine Erleichterung mit. Ich bat sie Marcel zu grüßen, wenn er wieder ansprechbar ist und wünschte ihr alles erdenklich Gute.

Freudig ging ich zu Roman.

„Stell dir vor, es scheint alles gut zu werden. Vanessa klang sehr optimistisch. Sie hat sogar angedeutet, dass der richtige Zeitpunkt für einen Besuch gekommen ist. Was hältst du von einer Reise nach Paris?"

Den erstaunten Gesichtsausdruck wollte ich nicht bewerten, hatte aber das ungute Gefühl einer ablehnenden Haltung zu meinem Vorschlag.

„Hey Roman, was guckst du so betreten? Wir hatten die Möglichkeit doch schon vor einiger Zeit besprochen. Damals war allerdings noch nicht der richtige Moment!"

Er räusperte sich und setzte die schönste Unschuldsmine auf, die ich je von ihm gesehen hatte:

„Karolchen, nun guck nicht so bedäppert! Ich glaube nicht, dass es jetzt schon richtig ist nach Paris zu fahren. Alles ist noch so frisch für Vanessa. Sie muss doch selbst erst klar mit der Situation werden.

Wenngleich ich dich gut verstehen kann, dass du ihr das Händchen halten möchtest, sie emotional stärken zu wollen. Freilich glaube ich auch, dass dein großes Herz, deine starke Mutterliebe sie auch erdrücken könnte. Sie ist kein kleines Kind mehr, sondern eine erwachsene Frau."

Nun war es an mir ungläubig zu gucken:

„Hast du mir vorhin nicht zugehört? Vanessa hat gesagt, dass sie sich jetzt sehr über einen Besuch freuen würde! Ich glaube sie braucht keine starke Mutter, die ihr Händchen halten soll, sondern nur ein wenig Mitgefühl. Jemanden, an den sie sich anlehnen kann, der sie versteht ohne große Worte zu machen, und sie einfach in den Arm nimmt!"

Meine eigenen Worte brachten mich dazu, vor Rührung zu schlucken und zu schniefen. Die nervliche Anspannung der letzten Tage gaben ihr Übriges dazu. Endlich mit großer Hoffnung und Zuversicht in die Zukunft zu schauen, das war doch was! Warum brachte Roman nur solche Bedenken vor. Gab es einen Hintergrund von dem ich nichts ahnte?

Ich schaute ihn erwartungsvoll mit großen Augen an. Er sah zurück. Einen Augenblick lang nahm mir dieses Minenspiel den Atem. Ich stoß kurzatmig hervor:

„Was ist mit dir los? Was schaust du mich an wie ein Monster? Was geht in deinem Kopf rum?"

„An und für sich nichts Besonderes. Ich denke nur an die Strapazen des Fluges, der Reise an sich! Ich kann auch nicht deine Gedanken teilen. Meines Wissens warst du immer sehr stolz, dass deine Tochter in jeder Situation die Fassung bewahrt hat.

Sie sich so schnell nicht in Selbstmitleid verloren hat. Jetzt glaubst du, nur weil sie gesagt hat, dass es jetzt möglich wäre zu kommen, sie sich auch freut, dass sie dich braucht! Karola, ich muss dir was beichten. Der letzte Check verlief nicht ganz so, wie der Arzt und ich es mir erhofft haben. Leider sind die Blutdruckwerte nicht zur Zufriedenheit. Ich muss mit neuen Tabletten eingestellt werden. Das bedeutet, ich kann die nächsten zwei Wochen nicht verreisen!"

Mein Gefühl schwankte zwischen Mitleid, Bestürzung und Wut. Wieso sagt er mir das jetzt? Hätte er mir alles verschwiegen, wenn es nicht meinen Wunsch nach Paris zu fliegen gegeben hätte? Was sollte das? Wir wissen beide, dass uns keine unendliche Zeit mehr bleibt. Wir hatten uns versprochen alles mitzuteilen, gegenseitiges Vertrauen in jeglicher Hinsicht zu haben.

„Warum, in Gottes Namen(da haben wir wieder den Gott) erzählst du mir das eigentlich im Zusammenhang mit meinem Wunsch? Hätte ich es nie erfahren, wenn das nie ein Thema gewesen wär? Ich glaubte wir erzählen uns alles, was uns beide angeht. Wir haben uns das fest versprochen!"

Mir war die Zornesröte ins Gesicht gestiegen. Ich ereiferte mich in dem Gefühl, der Ausgrenzung. Roman dagegen blickte mit einer Gelassenheit auf mich, welche mich noch wütender werden ließ.

„Komm mal her, meine Kleine. Ich verstehe ja deine Gemütslage. Sicher fühlst du dich verletzt. Gibt aber keinen Grund! Das eigentliche Versagen von mir besteht darin, dass ich dich schonen wollte. Falls du dich erinnerst, hatte ich den turnusmäßigen

Arztbesuch genau in der Woche, als wir erfuhren was in Paris passiert war. Dein Denken, dein Handeln, deine Gefühle waren nur von Verzweiflung und Sorge gezeichnet. Bis zur Erschöpfung hast du Nachrichten, Berichte und Zeitungen verschlungen. Da sollte ich dir nun auch noch meine Last aufbürden? Es ist ja nicht lebensbedrohlich, es ist behandelbar! Die zeitweilige Schonung die mir der Arzt auferlegte, passte schon. Du warst ja so mit dir und deiner Tochter beschäftigt, dass es dir nicht mal auffiel, wie oft ich auf der Couch mit einem Buch gelegen habe! So habe ich geschwiegen in der Hoffnung alles wird gut. Mit mir, mit dir mit uns und unserer Beziehung! Ich kenne dich nun schon eine Weile. Meinen Mund zu halten und in Gelassenheit abzuwarten, schien mir das Richtige zu sein!"

Seinen Arm hatte er um mich gelegt, bei den letzten Worten wurde der Druck etwas stärker, sein Mund suchte den meinen. Der Kuss, die Umarmung ließen in mir warme Gefühle der Zuneigung aufkommen. Ich fühlte mich wieder richtig gut. Er hatte Vertrauen in mich. Er hatte die Lage richtig erkannt und seine Befindlichkeiten mir zu liebe für sich behalten. Roman wusste, aus Erfahrung, wie leicht ich mich aus der Fassung bringen lassen konnte. Ich war wieder mal froh, dass ich ihn hatte. Wie wäre es mir ergangen in der Zeit meines Solo Daseins. Keiner wäre da gewesen. Niemand hätte meine Sorgen, meine Ängste aufgefangen.

„Oh Roman, verzeih, ich bin so blöd! Ich bin froh, dass ich dich habe. Du schaffst es mich zunehmend in dem größten Durcheinander wieder auf den

Boden der Realität zurück zu bringen. Vielleicht liegt doch viel Wahrheit in dem Spruch, dass Männer eher, in verzwickten Situationen, mental und Frauen emotional reagieren. Ich bin so dankbar, dass es dich für mich gibt!"

„Und ich erst! Du bringst mein Leben teilweise sehr auf Trab, so dass Langeweile inzwischen ein Fremdwort für mich ist. Allerdings bitte ich dich in Zukunft, ein wenig mehr Aufmerksamkeit meiner Gesundheit zu widmen. Wie du weißt, aus den besten Jahren sind wir raus! Vor uns liegen nun die kostbarsten und die gilt es zu genießen!"

Recht hatte er, wie immer! Der Gedanke möglicher weise, vorläufig gar nicht zu Vanessa zu fahren gefiel mir aber auch nicht. Vorsichtig tastete ich mich nochmal ran:

„Hör mal du großartiger, überdurchschnittlicher weiser Partner, wann denkst du denn können wir eine Reise wagen?"

„Nun dreh nicht so auf. Großartiger! Überdurchschnittlich und auch noch weise! Nee, so lasse ich mich nicht einlullen! Das müsstest du inzwischen wissen! Vorschlag: Nächste Woche ist der Termin beim Kardiologen, danach sehen wir weiter! Inzwischen wird meine kleine verrückte, etwas abgefahrene Partnerin mit ihrem Sohn reden. Denn da wäre die nächste Option. Falls es bei mir noch nicht so, wie gewünscht, klappt könnte er doch als Reisbegleiter die Alternative sein. So wie ich weiß hat er doch hin und wieder auch in Paris zu tun. Wäre doch eine Möglichkeit, oder?"

Sicher, dachte ich, aber nicht die, die ich mir wünschte und vorstellte. Meinen Traum irgendwann nach Paris zu reisen, musste ich in der Vergangenheit so oft begraben. Gewiss war der Anlass nicht der, den ich mir vorstellte. Allein es zählte die Chance endlich dahin zu kommen. Meine damaligen Phantasien gaukelten mir dann immer vor: Paris bei Nacht auf der Champs-Élysées mit einem geliebten Partner, also im heutigen Fall, mit Roman! Ich wollte nicht mit Alexander meine erste Parisreise erleben. Es sollte Roman sein.

„Hör mal, mein Liebster, das was du eben gesagt hast ist nicht dein Ernst, sondern so eine von deinen Strategien! Ich werde warten bis du mit mir fahren kannst. Dann ist vielleicht sogar ein günstigerer Zeitpunkt. Wahrscheinlich geht es Marcel dann richtig gut. Ich kann ihn kennen lernen. Wir haben sicher alle mehr davon. Spontanität ist nicht allen Lebenslagen angepasst. Recht hast du! Vanessa versteht das. Es wird schon so sein, wie du empfunden hast. Ich liebe dich sehr!"

Zärtlich sah ich ihn an, immer wieder erstaunlich und doch so real, meine starken Gefühle zu ihm. Ich wiederhole mich: Nicht im Entferntesten hätte ich gedacht, dass mir sowas Schönes nochmal passieren würde! Das Alter kennt eben keine Grenzen in der Liebe. Der Spruch: „Älter ist wie jung- nur besser" passt auf uns wie „die Faust aufs Auge"!

Was ist nur los mit mir?

Die Entscheidung hatten wir richtig getroffen. Marcel erholte sich zunehmend und Vanessa wurde von Telefonat zu Telefonat euphorischer. In der Vorfreude auf die Geburt ihres Sohnes, verschwanden die schrecklichen Ereignisse in der Versenkung.

Der Alltag mit Haus und Garten tröpfelte so vor sich hin. Meine Sprachkenntnisse in Englisch festigte und erweiterte ich, indem ich viel las. Berichte, Bücher, Zeitschriften waren meine Beute. Es erstaunte mich tatsächlich inwieweit sich mein Wortschatz, mein Sprachverständnis entwickelten. Romans Gesundheitszustand befriedigte auch seinen Kardiologen. Im Prinzip stand unserem Flug nach Paris Anfang des nächsten Jahres, nichts mehr im Wege.

Ich setzte mich also, eines Tages, vor meinen Laptop und durchforstete das Internet nach günstigen Hotels und noch günstigeren Flügen. Ich wurde nach einiger Zeit auch tatsächlich pfündig.

Ich lief freudestrahlend ins Wohnzimmer. Roman hatte gerade sein obligatorisches Mitttagsnickerchen beendet und schaute noch ziemlich schlaftrunken aus der Wäsche.

„Na gut geschlafen? Bist du schon hier oder brauchst du noch einen Moment um aus der Traumwelt in der Realität anzukommen?"

Er setzte sich auf und gähnte mich herzzerreißend an.

„Bin gerade dabei. Ich hatte so einen wunderschönen Traum. Ich wollte gar nicht wirklich aufwachen."

„Was war denn so schön, dass du nicht mehr zu mir zurück wolltest?"

Mein Ton klang schon etwas provozierend, sollte auch so sein! Träumt von schönen Dingen, guckt ganz verklärt und von der Welt abgerückt in meine Augen.

„Ach, weißt du es war ganz verrückt. Du kamst natürlich in meinem Traum vor. Wir waren beide ganz jung. Völlig schwere- und sorgenlos. Wir schwebten Hand in Hand über dunkle Wälder, grüne Wiesen. Bäche, Seen, Flüsse und schneebedeckte Berge. Dieses Gefühl war so frei, so unglaublich, wahnsinnig. Wir hielten uns ganz fest. Deine blauen Augen leuchteten mich so klar so unendlich glücklich an. Mein Herz schlug wie wild vor Freude und Entzücken in meiner Brust. Dann auf einmal hörte ich ein Rauschen, dann einen Knall und dann sah ich dich hier im Wohnzimmer! Schade, ich wäre tatsächlich noch ein wenig im Traumland geblieben."

„Das Rauschen war der Wasserhahn in der Küche und der Knall kam aus Nachbars Garten. Wahrscheinlich spielen die Jungs wieder mit dem Ball und schießen ihn mit Karacho an die Häuserwand! Ich glaube dir, so einen schönen Traum hätte ich auch nicht so gern verlassen. Was mich berührt ist, dass mir dein Traum sagt, dass unser Leben großartig ist. Wir schweben manchmal auf Wolke sieben und uns hält nichts davon uns ab unser Leben zu genießen. Deshalb werden wir in zwei Wochen nach Paris fliegen. Wir werden, real, dunkle Wälder, grüne Wiesen, Bäche, Seen, Flüsse vom Flieger aus sehen. Mit den schneebedeckten Bergen wird es nicht so klappen. Wir sind ebenso nicht mehr so jung wie in deinem Traum. Spielt allerdings keine große Rolle da wir uns so fühlen! Roman, ich habe für gute Preise Flug und Unterkunft im Internet recherchiert und reserviert. Unser Wunsch, deine Traumwelt wird Realität! Ich werde mit großer Wahrscheinlichkeit, mit vor Glück tiefblauen Augen dich ansehen. Deine Hand ganz fest halten, da ich somit meine Angst vor dem Starten gut kompensieren kann. Was sagst du dazu?"

Roman schien etwas überfordert von meinem Redeschwall. Gerade noch tief im Schlaf mit den emotionalen Bildern, dann das Erwachen und die sofortige Ernüchterung, alles nur ein Traum! Obendrein redete ich ihn in meiner unnachahmigen Art besoffen".Er rekelte sich und konterte:

„Mach uns doch bitte einen Kaffee. Dann bin ich wacher und aufnahmefähiger. Dann lass uns in Ruhe über deinen Wunsch und Vorschlag reden. Einverstanden?"

Etwas ernüchternd ging ich in die Küche. So schnell kann man auch aus den Sphären der Phantasie und dem Wunschdenken auf den Boden der Tatsachengeholt werden. Gut ist aber, dass er alles ruhig und mit einem Lächeln gesagt hatte. Da waren keine Skepsis und auch keine prompte Ablehnung zu spüren. Gut, dann werden wir alles in Ruhe besprechen. Immerhin ein Anfang und das sollte auch alles gut werden lassen!

Während ich den Kaffee aufsetzte grübelte ich natürlich weiter. Mein Blick schweifte durch die Küche und wurde beim Anblick des Kalenders hellwach. Wie durchgeknallt musste ich sein. Hat mich die Altersdemenz schon im Griff? Ich hatte über das Wunschziel völlig die Realität ausgeschlossen. Datum und Zeit ausgeblendet.

Die Ereignisse der letzten Wochen hatten mich völlig aus der Bahn und der Zeit geworfen. Wo war meine Sinnlichkeit geblieben, die ich immer in der Adventszeit entwickelte. Ich hatte weder Adventskranz noch sonstige weihnachtlichen Accessoires in unserem Wohnzimmer platziert. Ein eiskalter Schauer lief mir über den Rücken. Wie tief hatten mich die Ereignisse in Paris und um meine Tochter getroffen, dass ich alles andere völlig ausgeblendet hatte. Warum hat Roman nichts gesagt, schoss es mir durch den Kopf. Im selben Moment gab ich mir die Antwort. Natürlich aus dem gleichen Grund, er mir nichts von seinen Gesundheitszustand mitgeteilt hatte. Er wollte mich schonen! So ein Quatsch, war ich denn tatsächlich so empfindsam, dass er Angst um mich haben musste? Hatte ich mich so intensiv mit den Befindlichkeiten und Sorgen meiner Tochter befasst, dass alles um mich herum völlig ins Hintertreffen geriet. Ich fand mich in diesem Moment ekelhaft und egoistisch. Warum? Ist doch nicht normal solche glucken hafte Haltung! Klar Kinder sind, bis wir sterben, unsere Kinder und das Sorgen machen hört, wie bekannt, bei den meisten Eltern nicht auf.

Bei allem Verständnis muss ich eingestehen, dass ich nicht unbedingt übertrieben habe. Es war eine ganz besondere Situation und ich sollte aufhören mir Selbstvorwürfe zu machen.

„Geh doch nun wirklich zur Tagesordnung über. Gewinne das Beste aus dieser Situation. Du bist eine gestandene, lebenserfahrene Frau, die sich im Leben nie so schnell unterkriegen ließ."

Mit diesen Gedanken ging ich mit dem Kaffee und einigen Keksen ins Wohnzimmer.

Wie schon bemerkt: keine Kerze, kein Adventsgesteck! Ich bekam einen Kloß im Hals. War ich doch in den vergangenen Jahren, die, die mit der Gestaltung unseres Hauses zur Vorweihnachtszeit nicht genug kriegen konnte. Dieses unnachahmliche Gefühl, welches mich dann immer befiel, wenn wir bei Kerzenschein weihnachtliches Gebäck aßen, leise Musik hörten und somit den vorweihnachtlichen Gefühlen freien Lauf ließen. Roman war anfänglich unserer Beziehung nicht ganz so emotional. Seine Frau war eher ein praktischer, intellektueller Mensch. Egal, wie dem auch sei, im Zusammenhang mit mir genießt er diese Adventrituale in vollen Zügen! Stolle früher ein Fremdwort, ist inzwischen für ihn nicht mehr weg zu denken.

Ich setzte das Tablett ab und schaute Roman an:

„Sag mal findest du nicht, dass bei uns irgendetwas fehlt? Schau dich doch mal im Zimmer um. Was fällt dir spontan auf?"

Erst guckte er ein wenig verdutzt, dann erhellte sich sein Gesichtsausdruck:

„Ja ich weiß was fehlt, du hast vergessen, dass wir unser schönstes Urlaubsfoto als Poster über das Sofa hängen wollten. Ist ja nicht so schlimm, können wir ja immer noch machen!"

Seine Augen funkelten so wie ich es inzwischen kenne. Schnell ist ihm das mit dem Poster eingefallen, dabei wusste er haargenau was ich meinte! Ich runzelte erst die Stirn, dann überlegte ich eine andere Strategie.

„Richtig, aber du hast Recht, hat noch Zeit, wir haben ja gerade November und bis Weihnachten ist ja noch ein wenig Luft!"

Roman sah mich mit leicht zusammengekniffenen Augen an:

„Ist das jetzt ein Test inwieweit ich noch geistig auf der Höhe bin. Ich weiß, beim Arzt stellen sie mir neuerdings in Abständen auch solche Fragen. Nach dem Datum, nach der Uhrzeit, Uhr aufmalen, Sätze nachsprechen und so weiter und sofort! Glaubst du mit fast siebzig bin ich Alzheimer gefährdet oder was sollte diese bescheuerte Antwort. Ich weiß schon, dass wir vierzehn Tage vor Weihnachten stehen und du noch gar nichts in dieser Richtung gemacht hast. Sonst flimmert und blinkt es bei uns schon immer. Der Duft nach frischer Tanne vom Gesteck liegt in der Luft. Stolle auf dem Kuchenteller und Marzipankartoffeln in der Pralinenschale! Ich wollte dich mit Absicht nicht dazu ansprechen. Ich hatte den Eindruck, dass du in all der verrückten Situation keinen Nerv für vorweihnachtliche Gefühle hattest. Das Leben von Marcel und somit das Glück von Vanessa waren vordergründig. Du kennst mich, ich kann abwarten, ich kann mich in Geduld üben und wenn der richtige Zeitpunkt für dich kommt, dann ist alles so in Ordnung. Wie ich sehe, ist der Zeitpunkt da. Du hast dich selbst erinnert in welchem Monat wir uns befinden und das deine geliebte Adventszeit in vollem Gange ist. Aber guck nicht so traurig, ist noch nicht zu spät. Setz dich mal hin, bin gleich wieder da!"

Mensch, Roman, er überrascht mich immer wieder! Er hat mir den für mich benötigten Zeitrahmen gegeben um wieder in der Realität anzukommen. Mit der Hoffnung auf einen guten Ausgang bin ich wieder da! Die Tür ging auf. Roman stahlt mich an:

„Da staunste wa!"

Er stand mit einem wunderschönen Adventsgesteck vor mir.

„Wartet ungefähr eine Woche auf deine Wandlung! Du hast mich ganz schön zappeln lassen. Jetzt wo ich mich mit dir auf die Adventszeit emotional eingeschossen habe, vermisste ich tatsächlich die schönen Kaffeestunden bei Kerzenlicht und Stolle!"

Ich rang nach Fassung! Das war eben mein Gatte. Verständnisvoll, rücksichtsvoll und mich dabei auflaufen lassen! Ich stand auf und nahm ihn in die Arme.

„Du bist mir schon einer! Ich hätte es dir mit großer Wahrscheinlichkeit nicht übel genommen, wenn du mich aus der Starre meiner unendlich, traurigen Gefühle erlöst hättest. Gut, nun ist es so gelaufen. Egal wir beide kriegen das hin! Nun aber die Kerze an und dann

„Halt im Keller habe ich doch auch schon eine Stolle gebunkert! Die muss ich noch holen, und dann gehen wir zum gemütliche Teil über!"
„Ich liebe dich!"
rief ich hinterher und ließ mich auf den Sessel fallen. Nee, ist schon ganz schön verrückt mit uns Alten, aber wie gesagt,
g a n z s c h ö n!

Es wurde dann noch eine wundervolle Adventszeit. Mit allen Drum und Dran.
Meine Gefühle hatten sich stabilisiert. Ich konnte das Leben wieder genießen, seit ich erfahren hatte, wie es mit Marcel immer mehr bergauf ging!
Ich nahm auch mal wieder meine Geschichten zur Hand. Eine hatte ich letztes Jahr vor Weihnachten geschrieben. Jetzt war mir danach sie zu lesen.
Roman war beim Herzsport, so machte ich es mir mit einer Tass heißer Schokolade auf der Couch gemütlich!
Schnell hatte ich mich in die Zeilen vertieft:

Alle Jahre wieder
Lena sitzt gemütlich im Wohnzimmer. Sie hat die erste Kerze des Adventskranzes angezündet und lässt es sich bei einer Tasse heißer Schokolade richtig gut gehen.
Der Wind pfeift durch den Kamin. Es ist sehr kalt geworden. Noch vor einer Woche sprachen die Meteorologen von einem viel zu warmen November. Fast alle Menschen hatten das Gefühl,

*dass die milden Temperaturen wohl vorläufig so
bleiben würden.*

*Aber nun, doch anders! Die Leute bibbern,
sprechen schon vom harten Winter und
Weihnachten im Schnee. Ja, so sind sie eben.
Kaum hat sich etwas anders entwickelt als
angenommen, ist der unisono Klang: Damit haben
wir ja gerechnet. Musste doch so kommen, ist ja
schließlich die Jahreszeit, Winter eben!*

*Das alles ist aber Lena völlig egal. Was das Wetter
betrifft, hat sie selten Befindlichkeiten.*

Nach dem Motto:

*"Was ich nicht ändern kann, nehme ich gelassen",
hat sie schon so manche Hürde im Leben
genommen.*

*Sinnend schaut sie nach draußen, in ihren vor Kälte
erstarrten Garten. Sie denkt daran, dass es in vier
Wochen wieder soweit ist.*

*Weihnachten, Heiligabend im Kreise der Familie.
Alle Jahre wieder! Alle Jahre, dennoch immer
wieder neu und voller Überraschungen. Nicht die
Geschenke sind der Mittelpunkt des
Heiligenabends. Sie gehören schon irgendwie dazu.*

*Das Zusammensein mit der Familie ist das, was
Weihnachten ausmacht, und es immer wieder zu
einem schönen Fest werden lässt.*

*Jetzt sind sogar ein paar Schneeflocken zu sehen.
Erst ganz wenige, ja so als ob sie nicht wüssten, ob
sie schon fallen dürfen, dann aber geht der
Flockenwirbel richtig los.*

*Lena schaut hinaus und beobachtet wie sich ihr
kleiner Garten in eine verzauberte*

Schneelandschaft verwandelt. Jetzt ergreift sie doch ein warmes, wohliges Gefühl.

Ja, dieses Gefühl hat sie ein ganzes Jahr vermisst. Vorweihnachtliche Gefühle mit Sinnlichkeit, aber auch der Geschäftigkeit und dem auch dazugehörigem Stress gepaart, das ist es woraus Vorweihnachten besteht.

Die Vorfreude, die Heimlichkeiten, die Stimmung an den Adventssonntagen mit Stolle und Kerzenlicht ist mit nichts zu vergleichen.

Der Heiligabend ist nun da. Das Wetter, genauso wie erwartet! Keine weiße Weihnachten, eher Frühlingstemperaturen! Ja, auch fast wie jedes Jahr.

Friedliche Weihnachten gesunde und entspannte Feiertage, das erwarten die meisten Menschen. Das Wetter spielt eher eine zweitrangige Rolle. Schließlich findet Weihnachten meistens innen statt!

Die Familie hat sich unterm Weihnachtsbaum und am festlich gedeckten Tisch versammelt.

Es ist allen anzumerken, dass die Last des Alltags hinter ihnen liegt. Jedem ist die weihnachtliche Stimmung in das Gesicht geschrieben.

Nur eine wuselt noch immer herum. Lena! Bei ihr ist heute die Familie eingeladen. Sie ist die Gastgeberin und will, ohne Frage, dass es ein unvergesslicher Abend für alle wird.

Sie hat, gemeinsam mit ihrem Mann für ein wohlschmeckendes Festessen gesorgt. Der Tisch ist, mit viel Liebe, zum kleinsten Detail, geschmückt.

Das Essen wird aufgetragen. Das Oh und Hm, klingt wie die schönsten Posaunenklänge der Weihnachtsengel in Lenas Ohren.

Nach dem Essen werden die Geschenke ausgepackt und fröhlich auf ein schönes Weihnachtsfest angestoßen.

Nun entspannt sich auch Lena. Gut gelaufen! Zufrieden strahlt Lena ihren Mann an, der verschmitzt zurück lächelt, als wollte er signalisieren:

„Siehste alles ist super, warum vorher nur jedes Mal der Stress!"

Alle Jahre wieder....

Mich befiel beim Lesen der Geschichte ein unsäglich, wohliges Gefühl.

Das Gefühl eine Familie zu haben, in der sich alle gern sehen und zusammen sind.

Das Gefühl einen Partner zu haben, der mit meinen Wesen klar kommt und mir Halt und Zuversicht gibt.

Das Gefühl geliebt und geachtet zu werden.

Das Gefühl des Stolzes auf meine Kinder und Enkelkinder .

Diese Geschichte rüttelte mich nun vollends auf. Ich war so froh, dass alles gut lief, ich mich wieder erfolgreich bei den Hörnern gepackt und aus dem Sumpf der Verzweiflung herausgezogen hatte. Nun kann der Countdown beginnen!

Weihnachten ist immer wieder ein ganz besonderes Fest. Dieses Jahr hatte ich selbst, wie in der Geschichte, alle Kinder und Enkelkinder eingeladen. Dieses war schon eine

Herausforderung für mich. Dennoch es machte mir auch sehr viel Freude.

Wie gesagt der Alltag hatte mich wieder. Ich konnte planen, basteln, Geschenke einkaufen und verpacken. Alles wieder im normalen Bahnen.

In meinen Gedanken versunken, meldete sich das Telefon.

„Hallo Karola am Apparat", sprach ich in den Hörer.

„Hallo Mama!" vernahm ich die Stimme von Vanessa.

„Wie geht es dir? Alles okay?"

„Ja mein Kind, alles in Ordnung: Du weißt ja so kurz vor Weihnachten bin ich meist gut gelaunt. Die Vorfreude auf euch und die Enkelkinder sind Motivation für Roman und mich, diesen Tag besonders gut zu planen! Wie sieht es aus, sehe ich dich auch, oder bleibst du bei Marcel in Paris?"

„Das ist der Grund, warum ich mich melde. Geplant war schon, dass ich komme. Schließlich habe ich meinen Bruder und seine Familie schon eine gefühlte Ewigkeit nicht mehr gesehen! Leider hat sich der Zustand von Marcel sich noch nicht so stabilisiert. Ich möchte Weihnachten gern mit ihm verbringen. Wir haben dann vor, wenn alles wieder optimal läuft, im Frühjahr nach Berlin zu kommen. Da ist unser Kleiner zwar gerade acht Wochen, aber heute ist es kein Problem mehr mit einem Baby einen Flieger zu besteigen. Sei also nicht traurig. Wir holen alles nach! Auf jeden Fall werden wir telefonieren. Ich bin so erleichtert, dass Marcel den Kampf um sein Leben gewonnen hat! Jetzt ist Geduld angesagt, bis er wieder voll seiner Kräfte ist!"

Ich war ebenfalls erleichtert, zu hören, dass Marcel auf dem Weg der Besserung war. Ich musste mir allerdings eingestehen, dass ich die Beiden an Weihnachten gern bei mir gehabt hätte. Nun gut. Einfach auf das Frühjahr freuen. Mein Enkel dann schon in den Arm zu nehmen wird mir ein Vergnügen sein.

Sollte ich ihr sagen, dass wir vorhatten im neuen Jahr zu ihr zu fliegen? Wie würde sie es auffassen? In meinen Gedanken hakte ich den geplanten Termin ab. Es sah ja so aus, als ob sich alles stabilisierte! Zeit lassen, Geduld aufbringen, das war wohl im Moment das Richtige!

Bis dahin ist es noch eine Weile hin. Jetzt erst mal das Weihnachtsfest und den Jahreswechsel hinter uns bringen. In der Hoffnung auf ein gutes, glückliches Jahr, ohne Hiobsbotschaften und irgendwelche Alpträume.

Der Heiligabend verlief in Eintracht, Freude und auch in Fröhlichkeit. Kinder zu überraschen, in die glänzenden Augen zu sehen, ist ein großes Glück! Ich war so froh! Ich hatte ja auch eine Menge Zeit und Kraft in die Vorbereitungen gesteckt. Unser Wohnzimmer erstrahlte im weihnachtlichen Ambiente. Am Weihnachtsbaum im Erker leuchteten mindestens fünfzig Kerzen. Erlesene Glaskugeln in allen Größen und Farben gaben ihm Glanz. Alles schimmerte, glitzerte und trotzdem wirkte es nicht kitschig.

Im Kreise unserer Patchwork – Familie weihnachtliche Stimmung mit Gesang, gutem Essen, eben stimmungsvoller Atmosphäre zu erleben, war immer wieder wunderbar.

Den Jahreswechsel begingen wir mit unseren Nachbarn Eva und Harry. Wir waren bei ihnen eingeladen. Es war, wie immer ein recht schöner Abend. Wir hatten nebenbei den Fernseher mit einer Sylvester Show zu laufen. Sahen erst gar nicht richtig hin, da unserer Unterhaltung sehr anregend war. Hatte sich ja auch eine Menge in der letzten Zeit ereignet. Dazu schmeckte uns die Pfirsichbowle ausgezeichnet. Die Männer tranken, dann aber doch lieber ein Bier. Das essen der Fondue war dann auch noch eine gesellige Angelegenheit.

Plötzlich spitzten wir die Ohren. Die Musik der Fernsehshow war genau die, welche wir in unseren besten Zeiten gehört und danach „ gerockt" hatten: Nichts hielt uns mehr auf den Sessel. Wir tanzten, lachten und amüsierten uns prächtig.

Ja, ja „je oller je doller", sagt ein Sprichwort. Das traf hundertprozentig zu. Wer sagt denn, dass Menschen ü 60 oder sogar ü70 sich nicht mehr amüsieren können? Ich glaube sogar, dass wir so manchen Jüngeren beim Feiern übertreffen!

Mitternacht! Wir stießen mit Sekt an, die Männer entzündeten ihre gekauften Feuerwerkskörper. Es sah phantastisch aus. Es gehört für mich immer zum Jahreswechsel. Die" bösen Geister" mit dem Spektakel zu verjagen, hat mir als junge Frau schon immer einen Heidenspaß bereitet. Klappt zwar nicht immer, gehört aber dazu!

Ein neues Jahr – was bringt es mit sich?

Jedes Jahr stelle ich mir, wie sicher viele Menschen, die Frage: Was wird mir das neue Jahr bringen?

Seit ich in die Jahre gekommen bin, nehme ich mir fest vor, die Zeit, obwohl sie keiner anhalten kann, effektiv, möglichst genussvoll und mit allen Sinnen zu verbringen. Kein Termindruck, keine Hektik im Alltag. Die kostbare Zeit, die uns bleibt, nicht einfach so dahinrauschen zu lassen!

Diese guten und vernünftigen Vorsätze verschwinden dann immer wieder, verkrümeln sich, und lassen sich mit Anstrengung und Geduld immer wieder finden!

Gelegentlich, so wie schon beschrieben, gibt es natürlich die Momente, des Innehaltens, des Stehenbleibens und des Genießens.

Das Beste ist das Zusammensein mit Roman, der Zusammenhalt der Familie. Sicher jedes Jahr hat Höhen und Tiefen. Sicher ist, dass die Höhen uns Halt und Zuversicht geben. Sie geben uns Kraft die Tiefen dann besser zu meistern.

Das letzte Jahr hat uns viel Kraft gekostet. Zum Glück ist am Ende alles gut geworden. Für unsere Kinder gab es ein Happyend, ein glückliches Ende, nach all der Qualen und Hoffnungen, die sich um Marcels Gesundheit rankten. Nun ist alles gut. Wir erwarteten mit Spannung den neuen Erdenbürger. Ich kann es kaum erwarten.

Nun kam der Zeitpunkt unserer Reise nach Paris immer näher. Ich hatte Vanessa nichts gesagt. Ich wollte zwei Fliegen mit einer Klappe schlagen:

Überraschungsbesuch und meinen Traum von Paris erfüllen!

Checkliste erstellen, was brauchen wir, auf was könne wir verzichte. Früher habe ich immer leicht geschmunzelt, wenn Freunde von uns erklärt habe, dass sie sich immer eine Liste machen auf der sie alle Dinge akribisch aufschreiben, welche sie einpacken wollen. Dann Häkchen dran, wenn es im Koffer verstaut ist! Ich habe so was nicht gebraucht. Bei meinen Reisen war klar was ich brauchte. Schrank auf Koffer davor und „ab ging die Lucie"! Jetzt waren wir zwei und auch schon hin und wieder etwas vergesslich. Zahnbürsten hatten wir schon mal vergessen. Ist aber in der heutigen Zeit absolut kein Thema mehr!

Die Tage vergingen und der Tag des Abfluges rückte immer näher. Immer wieder ging ich in Gedanken alles durch. Es waren ja nicht nur die Koffer, wir mussten ja auch organisieren, wer in unserer Abwesenheit auf unser Haus achtete.

Mit Eva hatte ich alles Notwendige besprochen. Unsere Kinder kannten die Adresse des Hotels und die Flugnummer. Im Prinzip war alles geregelt. Wir wollten ja auch nur zwei Wochen in Paris weilen. Dennoch beschlich mich in Abständen ein nicht zu definierendes Gefühl. Ich konnte meine Unruhe nicht einordnen, es bestand absolut kein Grund dafür. Ich verdrängte meine Aufregung. Das Herzklopfen ließ sich nicht sofort abstellen.

Endlich saßen wir im Flieger. Alexander und Sabrina hatten uns zum Flughafen gebracht und liebevoll verabschiedet. Immer wieder beteuerte Alexander, dass alles gut bei Vanessa und Marcel ist. Er war vor drei Wochen dienstlich in Paris und hatte die Beiden besucht. Vanessa zählte die Tage bis zu ihrer Niederkunft und Marcel versuchte sich abzulenken, indem er sich in seine Arbeit stürzte. Dadurch kam er allerdings oft spät am Abend erst nach Hause. Die Begeisterung Vanessas hielt sich jedenfalls in Grenzen. Dennoch alles pegelte sich ein. Die werdenden Eltern fokussierten sich auf die Geburt ihres Sohnes.

In Paris angekommen, hatten wir im Vorfeld abgesprochen, dass wir erst zum Hotel, danach entspannt zu Vanessa fahren. Ich wollte nicht, dass sie uns vom Flughafen abholt. Einerseits stand die Geburt ja direkt vor der Tür, andererseits gingen mir die Bilder der terroristischen Anschläge nicht aus dem Kopf. Das Gefühl es könnte sich wiederholen, machte mir schon zu schaffen. Also fuhren wir mit dem Taxi zu unserem Hotel.

Paris ist eine unglaublich schöne Stadt. Wie oft hatte ich schon früher Anläufe gemacht nach Paris zu reisen. Immer wieder kam etwas dazwischen. Nun ist es soweit. Ich bin in Paris! Ich genoss den Blick aus dem Taxifenster. Die Stadt brodelte vor Lebenslust. Kaum zu glauben, dass vor wenigen Monaten die Stadt so furchtbar im innersten getroffen wurde! Bei all dem Leid, dass die Terroristen über die Menschen gebracht hatten, das Leben geht weiter. Keiner will in Angst und Schrecken sein bisheriges Leben aufgeben. Jetzt erst recht, ist die Devise! Unser Leben wird so weitergehen, wie wir es gewohnt sind.

Im Hotel angekommen konnte ich es nicht erwarten. Ich rief Vanessa an und teilte ihr mit, dass wir gut gelandet und im Hotel eingecheckt hatten.

„Wann können wir dich sehen? Ich möchte dich so gern in den Arm nehmen. Du warst so tapfer in der dunkelsten Stunde in deinem bisherigen Leben. Meinst du wir können euch zum Abendessen einladen?" Irgendwie spürte ich schon wieder dieses Unbehagen, diese Nervosität in mir. Was war das nur? Schien doch alles in Ordnung!

„Hallo Mama", die Stimme von meiner Tochter hörte sich nicht gut an.

„Was ist los Vanessa, geht es dir nicht gut? Wir können sofort kommen, wenn du es willst!"

„Ach Mama, es ist so schrecklich! Ja bitte kommt, dann muss ich es nicht am Telefon erzählen. Ja ich brauch dich mehr denn je!"

Ehe ich noch antworten konnte hatte sie den Hörer schon aufgelegt! Roman sah meinen angespannten Blick und erkannt sofort, dass was nicht stimmte.

„Los schnapp dir deinen Mantel, wir fahren sofort los!"

Er bestellte bei der Rezeption ein Taxi. Ich schnaubte in mein Taschentuch, wischte die erste Träne weg, nahm Tasche und Mantel. Ich folgte Roman zum Lift. Meine Gedanken waren wirr. Was war denn passiert? Diese Vorahnung, dieses mulmige Gefühl welches mich befiel, wenn ich an Vanessa dachte. Gerade hatte ich noch entspannt den Weg von Flughafen zum Hotel erlebt. Mich an den Schönheiten der Stadt erfreut, welche wir beim Vorüberfahren bewundern konnten. Ich hatte mit gewisser Vorfreude einen Stadtrundgang und die

Besichtigung vom Eifelturm, Notre Dame, Versailles, Sacre`Coer im Kopf. Der Ausflug nach Giverny, der Ort in dem das Haus und der Garten von Monet zu sehen ist, stand auch auf meiner Agenda! Nun das!

Ich wollte dieses komische Gefühl nicht, ich hatte es verdrängt auf dem Weg zum Hotel. Ist wohl auch der Faszination dieser Stadt zu verdanken.

Das Taxi stand schon vorm Hoteleingang. Ich fiel auf den hinteren Autositz und schloss die Augen. Was hatte ich mich auf Paris gefreut. Nach Aussagen von Alexander, bei seinem letzten Besuch, war doch alles im grünen Bereich! Neujahr hatten wir auch telefoniert und uns auf die gemeinsame Zeit in Paris gefreut. Meine Unruhe wuchs, je näher wir der Wohnung von Vanessa kamen. Ich konnte am Navi unsere Fahrt verfolgen und erkannte, dass uns nur noch wenige Minuten vom Ziel trennten.

„Eine Baldrianpille wäre jetzt das richtige"; schoss es mir durch den Kopf. „Bloß nicht deine Aufregung gleich so offenkundig zeigen. Erst mal hören, was los ist. Panik vermeiden!",das redete ich mir ein. Ich atmete tief durch. Wir waren angekommen. Roman bezahlte den Taxifahrer. Ich wollte aussteigen, doch meine Beine fühlten sich an, als wären sie Pudding.

„Reiß dich zusammen, Sicher braucht Vanessa eine starke Mutter, keine aufgelöste!"

Roman bot mir die Hand und ich wand mich aus dem Taxi. Mein Puls hatte sicher 180! Dennoch ich konnte plötzlich gerade stehen, nahm Haltung an und ging festen Schrittes auf die Haustür zu.

„Alles wieder im Lot?"

fragte mich Roman. Ich nickte und wir klingelten. Vanessas Stimme erklang:

„Ich mach auf!"

Mehr nicht! Es ertönte der Summer. Wir fuhren mit dem Lift in die siebente Etage. Meine Tochter stand in der Tür. Ihr Anblick rührte mich zu Tränen. Sie sah schrecklich aus. Verweinte, rote Augen, im Schlabberlook und ihre Haare hingen in fettigen Strähnen auf ihre Schultern. Meine Tochter war das hier nicht! Immer adrett, schon als kleines Mädchen auf ihr Äußeres bedacht. Es musste was ganz Furchtbares passiert sein.

Ich ging auf sie zu, meine Beherrschung hatte ich wieder zurück. Mein Mädel brauchte eine starke Mutter, kein weinerliches Etwas! Sie ging ein Schritt zurück, so dass wir in ihre Wohnung treten konnten. Diese machte den gleichen verwahrlosten Eindruck wie mein Kind. Völlig unaufgeräumt und schmutzig! Wir nahmen auf einem Sessel Platz, da die Couch voll mit irgendwelchem Krempel belegt war.

„Was ist mit dir los, meine Kleine? Was ist passiert? Vor kurzem haben wir doch so nett telefoniert, da schien die Welt in Ordnung."

Vanessa schaute mich mit leeren, stumpfsinnigen Augen an.

„Was soll schon sein? Marcel ist der Meinung er kann es mir nicht antun mit ihm zusammen zu leben und unser gemeinsames Kind großzuziehen! Er sieht nur noch seine Arbeit in der Firma und rackert von morgens bis abends bis zu Verrecken. Erst habe ich gedacht, dass es nur übergangsweise so ist, doch es wurde eher immer schlimmer. Er weist alle Vorschläge für eine Therapie ab. Er ist in sich und seinen grausigen, traumatischen Erlebnissen gefangen. Er igelt sich ein und will allein mit sich und seinen Alpträumen sein. Er glaubt, dass er mich und das Kind belastet. Er denkt wir haben Besseres verdient als einen Psychopaten, der mit dem Leben nicht mehr klar kommt, keine Freude, kein Glücksgefühle mehr entwickeln kann. Ich bin am Ende! Ich habe alles versucht! Ich kann nicht mehr. Meine Gefühle zu ihm haben sich nicht verändert. Ich liebe ihn mehr denn je. Es ist kein Mitleid, es ist das Gefühl nicht ohne ihn leben zu wollen, ihm zu helfen sein altes „Ich" wieder zu finden und aus der Spirale der Depressionen herauszufinden. Aber versuch mal einem lahmen Schimmel das Laufen schmackhaft zu machen!"

Sie sank auf einen großen Sitz Sack, der mitten im Raum stand. Tränen liefen über ihr Gesicht, doch es war kein Laut zu hören. Es war ein stilles, regloses Weinen. Sie wollte nicht aufgeben, aber ihr Körper hatte schon abgeschaltet. Sie selbst war in ein tiefes, unendliches Loch gefallen. Ich dachte an das kleine, ungeborene Kind. Diesem tat eine solche fassungslose, emotionale Tieflage mit Sicherheit nicht gut.

Ich stand auf und nahm meine Tochter in den Arm. Jetzt öffneten sich die Schleusen, jetzt befreite sie sich. Die ganze Körperspannung fiel zusammen. Ihr Zustand war besorgniserregend! Mein Blick zu Roman bestätigte mir, dass er dasselbe dachte wie ich.

„Pass auf, meine Große, wir packen jetzt die wichtigsten Sachen zusammen und fliegen morgen früh mit dir zurück nach Berlin. Dort werden wir für dich und dein Baby psychotherapeutische Hilfe organisieren. Allein schaffst du es wohl nicht aus diesem Dilemma. Mit Marcel wird Roman sprechen Ich denke, dass er die richtigen Worte finden wird. Glaub mir es ist noch nicht zu spät. Wäre nur schön gewesen, wenn wir schon vor unserer Reise gewusst hätten was uns hier erwartet. Gut, ich will dir keine Vorhaltungen machen. Du steckst in einer bedauerlichen Situation. Wir lassen dich nicht im Stich, das weißt du."

Dankbar sah uns Vanessa an. Wie konnte das nur geschehen? Sie war sonst immer jeder Lage gewachsen. Die Idee. dass Roman mit Marcel sprechen sollte, kam nicht von ungefähr. Ich hatte schon so oft erlebt, dass er in fast unlösbaren Situationen, die richtigen Worte fand. Empathie war für ihn kein Fremdwort. Seine sensible Art und Weise, das richtige gesprochene Wort, keine Gardinenpredigten. Mein innig geliebter Mann hatte tatsächlich die Gabe Menschen in psychischer, angespannter Verfassung, Hilfe zu geben. Ich setzte auf ihn. Ich wollte auch gar nicht an ein Ende dieser, am Anfang, so liebevollen, Beziehung denken. Ich wollte auch nicht, dass dieses sinnlose Gemetzel am 13.November 2015, es schaffen sollte meiner Tochter ihr Lebensglück zu stehlen. Das wäre genau das, was die Attentäter beabsichtigten. Nein, nach vorn sehen und optimistisch ran gehen. Die Hoffnung stirbt, bekanntlich zuletzt.

Ich packte für Vanessa einige Sachen zusammen, dann verließen wir die Wohnung.

Beim Hinausgehen hörte ich noch wie Roman sprach:

„Hallo, Marcel, hier ist Roman, du erinnerst dich, der Stiefvater von Vanessa…." Dann klappte die Tür ins Schloss.

Ich winkte, auf der Straße angekommen, nach einem Taxi. Wir fuhren zum Hotel. Dort wollten wir die weitere Vorgehensweise besprechen. Ich hoffte so inständig, dass Roman, auch hier wieder, die richtigen Worte fand und es zu einem Treffen somit einem Gespräch nichts mehr im Wege stand.

War ich auf der Fahrt zu Vanessa noch so voller Emotionen für diese wunderbare Stadt, empfand ich in diesem Moment nur Leere und Traurigkeit. Endlich sah ich die Stadt meiner sehnsuchtsvollen Träume. Nun sollte unser Aufenthalt nur wie ein Klick im Internet sein. Klick und weg? Meine Gefühle fingen an Achterbahn zu fahren. Einerseits Mitgefühl, Traurigkeit in punkto Vanessa, andererseits Wut, Ohnmacht, Verzweiflung!

Plötzlich spürte ich Wärme und Wohlbehagen in mir. Meine Gedanken waren zu Roman gewandert. Mein liebevoller, sensibler, feinfühliger Roman. Mein Herz füllte sich mit Liebe und Dankbarkeit. Diesen Mann hatte mir wohl der Himmel geschickt. Keine bösen Worte, ja sicher Streit gab es schon hin und wieder, aber im entscheidenden Moment kam von ihm irgendeine Bemerkung, die uns wieder versöhnlich lachen ließ. Mit mir hatte er es, allerdings, nicht immer leicht. Immer wieder gab ich den Anlass für Unstimmigkeiten oder Missverständnisse. Trotzdem ließ er mich spüren, dass Fehler bei Menschen nichts Ungewöhnliches sind, seine Devise: Wer entscheidet was Fehler sind? Menschen haben so viele Facetten. Da wo die Liebe zwischen zwei Menschen entsteht, sollte man bedenken, dass der Andere nie so sein wird, wie man selbst! Menschen verstehen, Menschen annehmen, Menschen verzeihen bei „angeblichen" Vergehen, das macht tatsächliche Liebe und Zuneigung aus.

Wir waren im Hotel angekommen. Nachdem ich die Zimmerschlüssel in Empfang genommen hatte und ich mich nach Vanessa umschaute, sah ich wie sie wie in Trance auf den Ausgang zuschritt. Abrupt stellte ich ihren Koffer ab und lief schnellen Schrittes hinter ihr her. Ich erwischte sie gerade noch, bevor sie in ein Taxi stieg, welches vor dem Eingang hielt.

„Hey Vanessa, wo willst du hin?" Der Blick, welcher mich traf, ging mir durch Mark und Bein.

„Ich will nach Hause, sicher kommt Marcel gleich von der Arbeit, er wird mich vermissen und suchen!"

Mein armes, armes Mädel!

„Jetzt hat sie wohl den Verstand verloren", dachte ich impulsiv.

„Komm, Vanessa, Roman ist doch dort. Er wird Marcel informieren und dann kommen Beide hierher. du brauchst also keine Sorge zu haben, dass er dich vermisst!"

Depressionen sind wahrhaftig nicht zu unterschätzen. Das wurde mir in diesem Moment sehr klar. Wahrnehmungsstörungen, Halluzinationen gehörten wohl auch dazu, wenn Menschen sehr schwer davon betroffen sind.

Ich nahm mein Kind in den Arm, nickte dem Taxifahrer zu und verschwand mit ihr in der Pendeltür. Wir fuhren mit dem Lift nach oben. Ich rief sofort beim Zimmerservice an und bestellte eine Flasche Wasser und einen Kräutertee.

Vanessa plumpste auf das Sofa, welches vor den Betten stand. Ihre immer noch so traurigen Augen schauten mich hilfesuchend an:

„Mama. es wird alles wieder gut, versprich es mir, bitte!"

Ich versicherte ihr glaubwürdig, dass dem so sei! Innerlich hoffte ich natürlich auch, dass es so kommt, aber irgendwie zweifelte ich an einer wünschenswerten Lösung. Gut, hatte sicherlich damit zu tun, dass im Augenblick die Alarmstufe „rot" in meinem Kopf Gestalt annahm. Zuviel hatte sich in den letzten Stunden ereignet. Mir wurde kurz schwindlig. Ich dachte an Roman und hoffte inständig, dass er Marcel zu einem Gespräch überreden konnte.

Vanessa nahm aber sofort wieder meine ganze Aufmerksamkeit in Anspruch.

Sie stand plötzlich auf, wankte ins Bad und übergab sich herzzerreißend. Gott sei Dank erschien in dem Moment der Zimmerkellner und brachte den Tee und das Wasser. Ich konnte Vanessa dann tatsächlich etwas beruhigen. Sie trank den Tee, dann legte ich sie auf mein Bett. Es dauerte nicht lange, da war sie eingeschlafen.

Mein Handy in der Hand wählte ich Romans Nummer. Er war sofort am Telefon.

„Gibt`s was Neues? Konntest du Marcel erreichen?" (Wusste ich ja eigentlich, durch die ersten Worte beim Hinausgehen!)

„Hallo meine Kleine, ja ich habe ihn erreicht, und ja er ist bereit zu einem Gespräch. Leider kann er erst morgen. Denke aber dass das gar nicht so schlimm ist. Möglicherweise siehst du doch noch was von deinem geliebten Paris. Vanessa wird ein Ausflug an der frischen Luft und somit ein wenig Ablenkung auch nicht schaden. Was denkst du darüber? Oder willst du schon vorfliegen?"

Ich muss gestehen, dass es mir schon zu pass kam, dass Marcel erst morgen bereit war. Ja genauso werde ich es machen. Es wird mir nicht nur gut tun, sondern auch meiner Tochter. Ich hoffe sehr, dass sie sich auf diesen Vorschlag einlässt.

Roman erschien kurz nach unserem Telefonat. Vanessa schlief noch tief und fest. Ich hatte den Eindruck, dass unser Erscheinen dazu beigetragen hatte ihren Gemütszustand etwas zu stabilisieren. Sie fühlte sich mit ihren Sorgen nicht mehr so allein. Sie fühlte sich angenommen. Geborgen und erwartete, dass es mit unserer Hilfe wieder alles ins Lot kommt.

„Komm", sagte ich leise zu Roman, „wir gehen in die Hotellobby, dann stören wir hier nicht. Ich werde in ca. einer Stunde nach ihr sehen. Sicher ist sie dann in der Lage mit uns einen kleinen Ausflug in eines der legendären Pariser Cafés zu machen."

Wir schlichen uns auf leisen Sohlen nach draußen. Ganz vorsichtig zog ich die Tür ins Schloss. Da wurde mir auf einmal siedend heiß! „Der Zimmerschlüssel", stammelte ich mit weitaufgerissenen Augen und sah Roman an. Der stand total gelassen da und hatte nicht den geringsten Anschein einer Panik. Ich stupste ihn an und unterdrückte mein sonst typisches, hysterisches Schreien:

„Ist dir das egal? Wie sollen wir da wieder reinkommen?" Roman grinste mal wieder:

„Ach Karola, du kennst mich doch nun schon so lange, hast du wirklich geglaubt ich lasse den Zimmerschlüssel im Hotelzimmer?" Er hielt ihn mir baumelnd vor die Nase.

„Du Verrückter, du!" konnte ich nur noch sagen, dann warf ich mich ihm in den Arm. Nun gingen mir die Nerven durch. Die Anspannung der letzten Stunden löste sich spontan. Die Gewissheit, dass wir beide, trotz unserer Lebensjahre, nein aufgrund unserer Lebensjahre, Vanessa Halt, Zuversicht und neue Hoffnung gegeben hatten, stimmten mich lebensfroh. Unter Tränen gestand ich mal wieder, dass ich allein diese Situation nicht so nachhaltig in den Griff bekommen hätte.

„Es ist doch immer wieder wundervoll, so einen Mann an meiner Seite zu haben, welcher scheinbar allen Schicksalsschlägen gewachsen ist!"

Der darauffolgende Kuss war sehr lang und sehr leidenschaftlich.

„Gut, gut", jabste Roman, „du nimmst mir ja die Luft. Dann haste aber lange einen so „wunderbaren" Mann gehabt."

Er betonte das Wort wunderbar extrem.

„Ich glaube du nimmst mich nicht ernst genug! Schließlich ist das, was wir heute erlebt haben doch ziemlich grenzwertig. Es reicht mir für heute. Wir werden jetzt kurz besprechen wie es weiter gehen soll, danach schaue ich ob unser Sorgenkind schon wach ist. Es muss alles gut werden. Findest du nicht, dass sie das verdient hat?"

„Na los, komm schon, sonst wird nichts mehr mit -in Ruhe besprechen."

Sprach es, hakte mich unter und ging mit mir zum Lift.

In der Lobby ließen wir uns an der Bar nieder. Roman bestellte zwei Cognacs.

„Den könne wir wohl nach der ganzen Aufregung gut gebrauchen!"

Ich lächelte ihm zustimmend zu. Es war wirklich eine sehr verfahrene Situation. Ich hoffte inbrünstig, dass sich alles in Wohlgefallen auflöste, und unsere Tochter in Ruhe ihr Baby auf die Welt bringen konnte.

„Ach Roman, ich wünsche mir so sehr, dass alles wieder in Ordnung kommt. Lass uns darauf trinken und mit Zuversicht in die Zukunft schauen."

Wir plauderten dann noch eine Weile, dann ging ich nach oben ins Hotelzimmer.

Leise öffnete ich die Tür. Mein Blick fiel auf die friedlich schlafende Vanessa. Mein Herz war voller Liebe und mütterlicher Emotionen. In diesem Moment schlug sie die Augen auf.

„Mama, oh ich habe wohl sehr fest und lange geschlafen?"

„Hauptsache es geht dir etwas besser, mein Kind. Machst du dich ein wenig frisch. Wir hatten gedacht, dass wir mit dir Essen gehen. Bist du bereitdazu?"

Ich merkte, dass ihr Blick klarer war. Sie schien sich tatsächlich ein wenig erholt zu haben.

„Wenn du mir etwas von deinem Make up gibst, gern!"

Na das war ja das kleinste Übel. Vanessa verschwand im Bad und als sie wieder herauskam war sie ein anderer Mensch. Aufgeräumt und gelassen ging sie auf mich zu, umarmte mich: „Oh meine innig geliebte Mutter. Ich bin so froh, dass ihr hier seid. Die Zuversicht, dass es noch nicht zu spät ist, ist wieder zurück. Lass uns zu Roman gehen. Ich denke auch er wird sich über meine Wandlung freuen. Ohne euch, hätte ich das nie geschafft. Meine Ängste sind zwar noch nicht gänzlich verschwunden, doch ich sehe wieder Licht am Ende des Tunnels!"

Den erwachsenen Kindern Halt zu geben, zu signalisieren, dass Eltern immer für sie da sind, ist besser als jede Medizin!

Was soll ich weiter sagen. Das Abendessen verlief sehr schön. Ich genoss, dass Vanessa nicht nur gut aß, sondern auch über Romans kleine Witzeleien glucksend lachen konnte. Was für ein Tag!

Der nächste Morgen kündigte sich mit Regenwetter an. Traurig blickte ich in den Himmel. Was sollte das denn! Hatte der Wetterbericht so nicht voraus gesagt. Bewölkt, ja, aber kein Dauerregen. Was nun? Ich wollte doch Paris sehen. Zumindest einen Teil davon.

Vanessa hatte ihre positive Stimmung, gottlob, nicht verloren. Im Gegenteil, sie munterte mich auf: „Guck nicht so traurig, Mama. Ist überhaupt kein Beinbruch mit dem Wetter. Ich rufe in der Rezeption an und bestelle Karten für eine Stadtrundfahrt. Dann kannst du alles sehen. Was hältst du davon?"

„Ich weiß nicht, so hatte ich es mir nicht vorgestellt. Naja, ist sowieso alles anders, als gedacht. Besser als hier im Hotel zu sitzen, auf jeden Fall!"

Ich schielte zu Roman, der das Telefon in die Hand nahm. War klar, was er wollte. Auf jeden Fall mussten wir bei dem Gespräch nicht unbedingt im Zimmer sein

„Weißt du was, ich gehe auch runter zur Rezeption. Dann kann ich mit entscheiden welche Route wir nehmen."

Schulterzuckend nahm Vanessa den Vorschlag an.

„Na dann los! Roman falls du Marcel überreden kannst mit dir zu reden, lass es mich bitte wissen. Ich hätte gern Gewissheit woran ich nun tatsächlich bin! Und: Dankeschön!"

Oh Gott, hatte ich gedacht ich kann meiner erwachsenen Tochter etwas vormachen? Sie war voll im Bilde und voller Hoffnung, dass es eine Wende zum Guten geben könnte.

Wir begaben uns auf den Weg zur Hotelhalle. Kein Mensch zu sehen! Wieso das denn. Es war doch mitten an Tag. Da müsste doch die Rezeption besetzt sein. Mein Verständnis war hier auf Herausforderung. Was war hier los? Es sollte doch jemand da sein!

Ja da war sie wieder, die Ungeduld, dass ich nie abwarten konnte. In diesem Moment tauchte unter dem Tresen der Hotelportier mit der Empfangsdame auf. Hochrot im Gesicht und schnaufend standen sie auf und strichen ihre Kleider glatt.

„Entschuldigung, aber die Verbindung unseres Computers war gestört. Da mussten wir nachschauen, ob die Stecker alle noch fest steckten", stammelte der Portier.

Verlegen fuhr sich die Empfangsdame durch ihr Haar.

„War aber alles in Ordnung, nur es ist da unten sehr eng. Da einer die Taschenlampe halten musste, damit der andere sehen konnte, war das nicht einfach!"

Irgendwie kam mir die Sache spanisch vor. Stecker feststeckten? Taschenlampe, eng? Was hatte denn da festgesteckt? Ich schaute die Beiden mit einem Augenzwinkern an und sagte:

„Hauptsache ist doch, dass alles wieder im Lot ist oder? Da es sehr eng da unten war, haben Sie sicher nicht gemerkt, dass Sie Ihrem Kollegen ihren Lippenstift an den Hemdkragen geschmiert haben. Wäre sicher von Vorteil, wenn er es kurz wechseln würde, bevor der Chef kommt!"

Nun stieg die Röte vollends in das Gesicht der Empfangsdame. Ihr Blick wirkte verlegen. Die Worte fehlten ihr. Vanessa rettete die Situation:

„Nichts für ungut, alles für uns nebensächlich. Wir würden gern bei Ihnen eine Stadtrundfahrt für heute Mittag buchen. Ist das möglich?"

Sofort nahm die Dame Haltung an und ging professionell an ihre Aufgaben.

Ich musste in mich reinschmunzeln. Ja, ja Paris ist eben eine ganz andere Stadt. Nicht umsonst wird sie Stadt der Liebe genannt. „Ville de l Amour !"

Plötzlich sah ich Roman aus dem Lift auf uns zukommen. Wie war sein Gesichtsausdruck? War er entspannt? Ich hatte meine Brille nicht auf(Eitelkeit lässt grüßen!) so konnte ich nicht erkennen in welcher Gemütslage er war.

Schließlich war er so nah, dass ich sehen konnte wie er schaute. Konnte aber nichts daraus schließen.

Er wandte sich Vanessa zu:

„Glaub mir, ich habe alles versucht. Marcel will nicht mit mir reden. Dennoch konnte ich ihn überzeugen, dass er sich mit dir im Café unseres Hotels trifft. Er möchte nur mit dir reden. Kein anderer, sagt er, würde ihn so gut verstehen wie du. Er betonte kein anderer."

Vanessas Augen verengten sich.

„Wie oft noch? Das hatten wir doch schon einige Male. Immer wieder ist es eskaliert. Ich weiß nicht, ob das eine so gute Idee ist?"

„Ich glaube schon", ließ sich Roman vernehmen, „mein Gefühl sagt mir, dass es diesmal anders wird. Ihr seid auf neutralem Gebiet, nicht in eurer Wohnung. Aus seinen Worten entnahm ich so viel Liebe, wenn er von oder über dich sprach. Bitte sei nicht gleich abweisend. Versuch dir in Ruhe alles anzuhören, ehe du mit Unverständnis oder sogar Wut reagierst. Er braucht dich mehr als es ihm selbst bewusst ist. Vertrau mir!"

Vanessa willigte ein. Die Aussicht auf ein neues Gespräch, welches möglicherweise wieder neue, qualvolle, seelische Schmerzen verursachen könnte, machte ihr zu schaffen. Der einzige Gedanke, den sie hatte war: „Lass alles gut werden!"

Ich nahm sie in den Arm und streichelte über ihren Kopf, wie ich es bei ihr schon als kleines Kind getan hatte, wenn sie wegen irgendeinem Vorfall schluchzend in meinen Armem lag. Damals waren es allerdings keine weltbewegenden Dinge, doch aus kindlicher Sicht waren es schwerwiegende Ereignisse. Einige Beispiele: Streit mit Chris ihrer besten Freundin, eine schlechte Note in Französisch bei ihrem Lieblingslehrer und Lieblingsfach, der erste Liebeskummer mit zwölf usw., usw....

Heute allerdings brauchte sie meinen Trost und meine Empathie mehr denn je.

„Du schaffst es schon! Ich weiß doch, dass du schon so manch andere ausweglose Situationen gemeistert hast. Gib nicht auf. Eure Liebe ist nicht tot. Die Reaktionen Marcels beweisen, dass er dich so sehr liebt und dir Kummer ersparen will. Er geht davon aus, dass es für ihn so das Beste ist. Er will dich und das Kind nicht mit seinem Problem belasten. Das ist doch der Ansatz! Wie jeder weiß, kann die Liebe und der Glaube an das Gute Berge versetzen. Das „ Spiel" ist noch nicht aus. Setze deine Trümpfe ein. Die Liebe und euer ungeborenes Kind. Also mein Kind, du bist ein Mensch, welcher genau nach diesen Prinzipien lebt. Du bist nach Paris gegangen, weil für dich Europa eine Chance bot, die du so in Deutschland nicht gehabt hättest. Es ist an der Zeit in solchen Dimensionen zu denken und allen Nörglern und Schwarzmalern zu zeigen, dass eine andere Zeit angebrochen ist. Den ewig gestrigen in unserem Land die Augen zu öffnen, dass das Nutzen solche Vorfälle für ihre eigene Ideologie keinen Boden bietet!

Komm her lass dich drücken, dann mach dich schön für Marcel. Es wird alles gut, wenn du nur daran glaubst, an dich und deinen Charme!"

Ich drückte Vanessa innig. Ein Blick in Richtung Roman deutete mir, dass ich die richtigen Worte gefunden hatte. Meine Tochter schafft das! Ich folgte ihr mit meinen Blicken und wünschte dabei nichts sehnlicher als den Erhalt ihrer Beziehung und somit alles Glück dieser Erde.

Die Stadtrundfahrt traten wir somit nicht an. Wir hatten sie ja, den Umständen entsprechend, auch noch nicht gebucht!

Roman und ich verließen das Hotel und nahmen uns endlich das vor, was auch das Ziel unserer Reise nach Paris gewesen war. Wir schlenkerten Arm in Arm, wie ein jung, verliebtes Paar die Champs-Élysées entlang. Genossen das Flair der Großstadt Paris. Alles gestaltete sich ähnlich wie in meinen kühnsten Träumen.

Als wir in einem der Straßencafés Platz genommen hatten und Kaffee bestellten gingen mir Gedanken durch den Kopf, welche mich nicht unbedingt froh stimmten. Wieso hier und jetzt?

Bilder tauchten wie durch einen Nebel vor mir auf.

Die Hochzeit mit meinem Ex, die Geburt unserer Kinder, das glückliche Gefühl, aber auch die Sorgen, die Ängste, die sich immer wieder zeigten, der Tod meines Vaters, die Pflege meiner Mutter , dann auch der Abschied von ihr. Die langen Jahre des Single Daseins und das Meistern von Beruf und Alleinerziehende. Dann die Pubertät der Kinder, nicht immer einfach. Das Erwachsenwerden mit Studium. Hochzeit des Großen, berufliche Karrieren beider. Der schönste Augenblick: Das Treffen mit Roman und das Leben bis heute mit ihm.

Ich hatte geglaubt, dass nun das schönste Kapitel meines Lebens begann. Die Kinder aus dem Haus, alle gut versorgt. Eine Zeit, die voll Ruhe und

Entspannung sein sollte. So hatte ich es mir vorgestellt.

Doch so ist es nicht im realen Leben. Wenn einer dachte mit dem Ruhestand beginnt ein sorgloses, schönes Leben, der ist mit hundertprozentiger Sicherheit auf dem Holzweg!

Klar, einige Dinge sind schon anders. Die Zeit ist nicht mehr so hektisch, Hobbys nehmen einen breiten Raum ein. Reisen kann man auch aus dem Stand antreten, mit Freunden treffen ohne lange Planung!

Was allerdings bei den meisten nicht ins Kalkül geworfen wird, ist die Tatsache, dass unsere Kinder uns immer brauchen. Wir ihnen in allen Situationen Zuspruch, Halt und Anerkennung geben; dass uns selbst Krankheiten aus der Bahn werfen können an die wir nicht im Entferntesten gedacht haben. Gute Freunde, uns für immer verlassen, so dass eine Lücke entsteht und uns die Endlichkeit des Lebens vor Augen hält!

Nee, ehrlich so hatte ich mir das Leben im Ruhestand nicht wirklich vorgestellt. Komme ich denn tatsächlich nicht zur Ruhe? Wird das ewig so weiter gehen? Wird es immer so bleiben, dass ich, solange ich selbst noch gut drauf bin, mit all meinen Fähigkeiten, meinen Lebenserfahrungen, gefordert bin?

Stopp, der miesepetrigen Gedanken!

Gerade als mir dieses durch den Kopf schoss, rüttelte mich Roman aus dieser Grübelei.

„Hör mal, was ist mit dir los? Du sitzt schweigend neben mir, rührst in deinem Kaffee und guckst Löcher in die Luft. Wollten wir nicht entspannen und

den Tag genießen? Du siehst gerade aus, als
stände der Weltuntergang bevor!"

Ich atmete tief durch. Recht hatte er. Warum
plagten mich diese Hirngespinste am helllichten
Tag?

Was war mit mir los? Sollte ich eigentlich gerade
jetzt das Leben genießen, gerade jetzt, wo mir klar
und deutlich vor Augen geführt wurde, wir kostbar
das Leben, die Zeit hier auf der Erde ist?

„Oh, Roman, verzeih, ich war gerade auf Zeitreise.
Mir wurde dabei sehr klar, wie wertvoll unser Leben
ist, und dass es immer wichtiger wird, es zu
genießen und das Beste daraus zu machen! Meine
Gedanken kreisten gerade um den Sinn unseres
Daseins. Ich hatte mir früher, in jüngeren Jahren,
immer ausgemalt wie gut es sein wird, wenn man
ein Rentner ist. Ich glaubte, dass man dann das
Leben ausschließlich genießen kann. Sicher, die
finanziellen Möglichkeiten sind das eine, aber auch
das selbstbestimmte Leben stellte ich mir
phantastisch vor. Kein schlechtgelaunter Chef, nie
mehr zeitig raus und dann, das Gewühl der rush
hour. Nun musste ich aber feststellen, dass auch
die Zeit nach dem Berufsleben kein
Zuckerschlecken ist. Es keine rosa Brille gibt, die
die Welt sorgenfrei und vergnüglich erscheinen
lässt. Ich merke eher, dass wir in unserem Alter,
und so lebensbejahend wie wir noch sind, immer
wieder gefordert werden. Egal ob es unsere Kinder,
Enkelkinder alte Eltern oder Freunde sind. Wenn
uns dann böse Krankheiten erspart bleiben, ist es
doch irgendwie eine famose Vorstellung gebraucht

zu werden, Anerkennung und Wertschätzung zu erfahren."

„Meine Güte Karola, das alles ist dir in den wenigen Minuten durch deinen entzückenden Kopf gegangen? Ist ja unglaublich welche philosophischen Gedanken in deinem Gehirn hausen! Auf jeden Fall sind es Dinge, die mich auch schon bewegt haben. In stillen Minuten fragte ich mich ebenso hin und wieder, wie es denn so ist mit unserem jetzigen Dasein. Wie es weiter geht, und ob wir den Herausforderungen, welche das Leben für uns noch parat hat, gewachsen sind. Wahrscheinlich ist, dass der Lebensinhalt nach der beruflichen Phase, immer noch spannend sein kann. Uns nicht hängen lassen und aufgeben, ist wesentlich. Kein Mensch kann ewig leben, aber jeder sollte seine Existenz möglichst so lange er es kann, lebenswert und aktiv gestalten. Dazu gehört eben auch, die Freuden und Sorgen der Kinder zu teilen. Ihnen zu helfen, wenn sie Hilfe benötigen. Sie aber auch so leben zu lassen, wie sie es für richtig halten. Das fällt uns manchmal schwer. Wir sind eine andere Generation. Wir haben früher auch all das gemacht, was wir für legitim hielten. Eltern hatten hier kein Mitspracherecht! Trotzdem haben wir in manchen Situationen ihnen gern vertraut, und uns auf ihren Rat eingelassen. So ist es im Moment mit Vanessa. Sie ist emotional völlig am Ende und dankbar, dass wir ihr Halt und Zuversicht geben. Im Moment möchte ich gern Mäuschen spielen, um zu hören inwieweit die beiden zu einem guten Ende kommen. Komm, trink deinen Kaffee aus, wir werden langsam zurückgehen. Falls sich das gute

Ende nicht eingestellt hat müssen wir noch für morgen den Flug für uns drei buchen."

Ich sah Roman dankbar an. Wir waren wohl doch auf eine Weise seelenverwandt. Seine Gedanken deckten sich mit meinen. Hoffentlich dürfen wir noch eine sehr lange Zeit miteinander verbringen: Ein Ende unserer Gemeinsamkeit will ich mir und kann ich mir überhaupt nicht vorstellen!

Wir gingen nun nicht mehr so schlendernd die Straße entlang. Unsere Schritte waren eilig und zielstrebig. Das Hotel zeigte sich nun auch schon kurz nach der Straßenbiegung. Wir beschleunigten abermals unsere Schritte. Mein Herz fing an zu klopfen. Nicht nur, weil die Hast eine Rolle spielte, sondern auch die Angst, dass ich wieder eine unglückliche Tochter trösten müsste, für die es an und für sich keinen Trost gab.

An der Rezeption stornierte ich die Stadtrundfahrt!

Wir sahen uns im Hotel zuerst im Café um. Hier konnten wir die Beiden nicht erspähen. Wir gingen zurück in die Lobby. Hier auch keine Spur von Marcel und Vanessa. Wo waren sie nur? Blieb noch das Restaurant oder die Bar. Die Bar zu dieser Tageszeit? Das glaubte ich eher weniger. Dennoch wir gingen es an. Erst das Restaurant, dann die Bar! Da erblickten wir sie. In einer etwas abgeschiedenen Nische saßen sie. Vanessa drehte ein Cocktailglas, ohne Alkohol? in den Händen, Marcel ein Whiskyglas!

Sie sahen sich in die Augen. Sie redete ununterbrochen. Marcel zeigte eine aufgeschlossene Körperhaltung. Er war ihr zugewandt und auch der Ausdruck seines

Gesichtes ließ mich darauf hoffen, dass beide das erste Mal sich gegenseitig zu hörten!

„Ich denke wir stören hier nicht", flüsterte ich Roman zu. Er nickte schweigend und wir verließen die Bar.

„Komm ich lad dich auch zu einem Drink ein. Was möchtest du gern?"

„Naja, ist eigentlich noch etwas früh, aber ein Glas Wein trinkt der Franzose eh zu jeder Tageszeit! Also gern ein Glas Rotwein:"

Wir setzten uns in die Bar in der Lobby und beim Trinken unseres Weines hofften wir beide inständig, dass sich Vanessa und Marcel einigten. Unser Gespräch hatte einen Smalltalk – Charakter. So richtig waren wir nicht bei der Sache. Bis sich endlich unsere Beiden blicken ließen.

Sie hatten uns sofort wahrgenommen und schlenderten auf uns zu. Kein Anzeichen zu sehen, welches irgendwelche Schlüsse erlaubte. Als sie auf Augenhöhe waren, sah ich dann doch bei Vanessa, dass sie geweint hatte. Trotzdem erschien sie mir nicht mutlos oder resigniert. Meine Spannung wuchs. Sollte ich fragen, oder einfach abwarten? Ich entschließ mich abzuwarten. Genau, das war das Richtige.

Vanessa ging schweigend auf uns zu. Umarmte erst mich, dann Roman. Leise flüsterte sie:

„Die Hoffnung stirbt zuletzt!"

Dann ging sie zu Marcel, hakte sich bei ihm ein und entschwand mit ihm aus dem Hotel.

Verständnislos schaute ich auf Roman. Der zuckte nur mit den Schultern, grinste dabei allerdings.

„Was hältst du denn davon?" fragte ich mit hochgezogenen Augenbrauen

„Was soll ich davon halten? Ich erkenne ein Zeichen, das heißt: Wir wollen es gemeinsam versuchen. Wir wollen unsere Liebe nicht kaputt machen lassen! So würde ich es deuten. Lass sie sich in Ruhe ausdrudeln So wie ich deine Tochter kenne, meldet sie sich heute Abend. Sie weiß ja, dass unser Flug morgen zurück geht und sie noch ihren Koffer in unserem Hotelzimmer hat!"

„Gut, dann lass uns aber noch gut essen gehen und ein wenig Paris bei Nacht erleben. Sie kann mich ja jeder Zeit über Handy erreichen!"

Gesagt, getan. Wir gingen auf unser Zimmer, packten schon einiges zusammen, machten uns frisch und suchten ein Lokal auf, welches uns an der Rezeption empfohlen wurde. Es war ein wunderschöner Abend für uns zwei. Das Gefühl, dass doch noch alles wieder in die Tüten kommt, wo es hingehört, machte mich frohgestimmt und beschwingt. Je später es wurde, desto öfter schaute ich auf mein Handy, erst auf die Uhrzeit, dann ob tatsächlich kein Anruf angekommen war, ich ihn nur überhört hatte. Nichts dergleichen! Stumm blieb das Telefon und die Stunden rückten langsam auf Mitternacht. Nun hielt ich es nicht mehr aus. Ich nahm das Telefon und klingelte durch.

„Geh ran, geh ran", flüsterte ich.

Sie ging ran. Fröhlich meldete sie sich:

„Hier Vanessa, Mutter was gibt`s?"

„Du kannst Fragen stellen. Ich denke, die kannst du dir allein beantworten. Wir warten hier vergeblich, dass du dich meldest. Mit den Worten: "Die Hoffnung stirbt zuletzt" lässt uns in Ungewissheit zurück!

Deine Sachen sind doch noch hier im Hotel. Fliegst du nun mit uns nach Berlin oder hat sich bei euch alles geregelt?"

„Oh Mama, ich bin so durcheinander und verwirrt. Das was ich mit Marcel besprochen habe, war so emotional, so widersprüchlich und doch wieder klar. Marcel ist völlig aus dem Ruder. Er ist in sich gekehrt. Ich habe ihn angefleht einen Psychologen aufzusuchen. Er lehnt ab. Hält nichts von solchen „ Quacksalbern". Dennoch glaube ich, ist nicht alles verloren. Er liebt mich nach wie vor und freut sich auch auf unseren Sohn. Seine angeschlagene Psyche steht ihm im Weg. Er geht davon aus, dass er uns mit seinen Stimmungsschwankungen und seinen Alpträumen das Leben schwer macht. Ich bin fest davon überzeugt, dass ich es schaffe. Ich werde mich nie wieder so gehen lassen. Ich weiß, dass ich die Kraft habe Marcel wieder die Schönheiten des irdischen Lebens schmackhaft zu machen."

Das war endlich wieder meine Tochter. Sie hatte zu sich zurück gefunden. Ihre bewundernswerte Ausdauer ein Ziel zu verfolgen und alle Hürden mit Zuversicht zu nehmen, das konnte sie schon immer.

„Ich freue mich gern für euch und wünsche das Beste. Roman schließt sich diesen Wünschen an. Nun glaube ich, dass du die Chance nicht verspielst und hier in Paris bei Marcel bleibst. Ist es dir Recht, wenn ich deinen Koffer bei der Rezeption deponiere. Unser Flug geht ja schon recht früh. Wir werden uns somit nicht mehr sehen. Schade, ich hätte mir gern einen lieben Abschied gewünscht!"

„Ja das ist so in Ordnung. Ich gehe davon aus, dass wir beide, im späten Sommer nach Berlin kommen. Dann ist unser Junior soweit, dass wir mit ihm fliegen können. Sei nicht traurig, Mama. Ich bin so froh, dass ihr mir, in meiner bisher trübsten Stunde meines Lebens, gezeigt habt, wie entscheidend es ist, nicht aufzugeben. Dem Leben und der Lieben eine neue Perspektive zu geben. Nicht zu verzagen und mutig einen neuen Weg zu finden: Ich danke euch Beiden. Es ist ein wunderschönes Gefühl, solche Eltern zu haben. Ich möchte denken, dass das Zitat von Oscar Wilde für euch und uns alle gut passt: „Ende gut- alles gut, und wenn es nicht gut ist, dann ist es nicht zu Ende!" Ich liebe euch!"

Es war so beruhigende zu hören wie Vanessa mit den Ereignissen umging. Für das ungeborene Kind mit Sicherheit nicht das Schlechteste.

Mir gingen schließlich noch diese Gedanken durch den Kopf:

Kinder sind das Beste, was man im Leben haben kann, aber sie brauchen, unter Umständen, von der Geburt bis in fortgeschrittene Alter die Zuwendung von uns. Nicht immer und auch nicht ständig!

In der Not oder in besonderen Fällen ist es von großem Vorteil, wenn die Kinder sich auf die Eltern, die Eltern sich auf die Kinder verlassen können. Gewiss erfordert das das Vertrauen, das Verstehen und die gegenseitige Achtung. Der Schlüssel liegt hier, für eine funktionierende Familie.

Nicht Harmonie, um jeden Preis, nicht vollständige Aufgabe der eigenen Persönlichkeit. Nein, ein Miteinander, ein Füreinander auf Augenhöhe ist das, was nachhaltig dem Gelingen eine Chance gibt!

Meine Lebensphilosophie hatte mich mal wieder voll im Griff. Alles was so im Leben passierte, mir oder anderen, versuchte ich pausenlos zu analysieren. Ursache und Wirkung gegenüber stellend.

Manchmal gelang es mir sogar herauszufinden, wo der Hase im Pfeffer lag. Dann fühlte ich mich richtig gut. Bei Vanessa hatte ich noch zwiespältige Gefühle, War ja auch noch nicht ganz ausgestanden. Die Ampel hatte aber schon von „rot" auf „gelb" geschaltet. Das beruhigte mich schon sehr.

Ich sah wie Roman im Bett lag und leise vor sich hin schnorchelte. An ihm war die ganze Geschichte ja auch nicht spurlos vorüber gegangen.

Ich schaute auf meine Uhr. Oh Gott, doch schon so spät! In drei Stunden wurden wir von der Rezeption geweckt! Ich ging rasch in Bad, machte mich ein wenig frisch und fiel anschließend in einen tiefen, wenn auch kurzen Schlaf.

Das Klingeln des Telefons, das Abnehmen des Hörers durch Roman bekam ich nicht mit. Erst ein zärtliches

„Guten Morgen, mein Karolachen",

ließ mich langsam wach werden. Ich rekelte und steckte mich. Meine schläfrigen Augen sahen in ein recht frohgestimmtes Gesicht. Er war schon rasiert und fertig angezogen. Ich glaubte es nicht! Immer wieder überraschte er mich mit seiner Gelassenheit und Ausgeglichenheit!

„Na, nun aber rasch wach werden. Du weißt ein Flieger wartet nicht! Während du dich fertig machst gehe ich bezahlen. Die Koffer nehmen wir nach dem Frühstück mit. Ich werde auch gleich ein Taxi zum Flughafen bestellen. Bis gleich meine Liebe!"

Ich sah ihm nach. Die Tür schloss sich. Mit einem Sprung (so gut man mit achtundsechzig noch springen kann!) war ich aus dem Bett. Beim Duschen huschte ein kleines Lächeln über mein Gesicht. Wenn der Paris Besuch auch nicht wie vorgestellt verlaufen war, wird er immer mit Nachhaltigkeit in meinen Erinnerungen bleiben. Das Wesentliche hatte ich gesehen. Romantik mit Roman in der Stadt der Liebe erlebt und schlussendlich das Beste, meiner Tochter ging es, aufgrund unseres Einsatzes wieder besser.

Im Frühstücksraum erlebten wir dann doch noch eine Überraschung. Marcel und Vanessa standen plötzlich vor uns.

„Wir haben gedacht, dass ein gemeinsames Frühstück ein guter Abschluss wäre. Die Verirrungen und Verwirrungen haben euch sicherlich ebenfalls, wie uns, zugesetzt. Lass uns einen guten Abschluss setzen."

Ich war sprachlos. Damit hatte ich in meinen kühnsten Träumen nicht gedacht! Ich sah, dass ihre Sicht nach vorn, die Hoffnung auf ein gemeinsames Leben mit Marcel, ein neuer Anfang war. Alle trüben Gedanken hatte sie verbannt. Ich freute mich unbändig.

„Ich bin so glücklich, dass ich euch nochmal sehe! Lasst uns frühstücken. Damit wir das Zusammensein noch einige Minuten genießen können!"

Ich umarmte Vanessa und Marcel. Ein Seitenblick in Richtung Roman zeigte mir, dass auch er sehr angetan von dieser Wende war.

Es wurde ein schönes Frühstück. Wir konnten lachen, wir konnten uns miteinander freuen. Das war alles was ich mir wünschte.

Der Abschied ging dann recht schnell, da das Taxi etwas eher da war. Kurzes Drücken, das Austauschen der besten Wünsche, winken, einsteigen, noch ein Blick zurück und wir waren wieder mit uns allein.

Der Flieger war pünktlich. Es gab herrliches Flugwetter. Die Landung in Berlin – Tegel ohne Komplikationen.

Als wir durch die Glastür der Abfertigung kamen, traute ich meinen Augen kaum. Wer stand denn da mit einem großen, schönen Strauß? Alexander strahlte uns an.

„Woher wusstest du denn wann wir ankommen?"

„Psst, ein kleines Geheimnis! Außerdem wisst ihr ja, dass ich im recherchieren Spitze bin. Sonst hätte ich schon so manchen Prozess verloren. Kommt wir fahren zu uns nach Hause. Die Kinder und auch Sabrina erwarten euch. Es gibt nämlich eine Überraschung!"

Eine Überraschung? Von Überraschungen hatte ich in der letzten Zeit eigentlich genug, Was sollte das für eine Überraschung sein? Plötzlich merkte ich, wie mein Kopf schwirrte. Ich fasste mich an den Kopf. Ein leichter Schwindel und ein wenig Übelkeit machten sich in meinem Körper breit. Roman sah mich an:

„Hey Karola, was ist mit dir? Du siehst ja total blas aus?"

„Mir ist auf einmal so schwindlig und übel. Mein Kopf schmerzt auch höllisch! Können wir bitt zu uns nach Hause fahren? Ich denke, dass ich einfach Ruhe brauche. Die letzten Tage hatten so viel Aufregendes. Lasst mir bitte einen Tag Zeit zum Erholen, dann höre ich gern eure Neuigkeiten!"

Roman pflichtete dem bei. Etwas traurig, aber einsichtig wendete Alexander seinen Wagen und fuhr in Richtung unserer Heimat

Während der Autofahrt fühlte ich mich immer schlechter. Die Übelkeit nahm zu und auch das Schwindelgefühl wurde so stark, dass ich die Augen nicht zu machen konnte. Ich fixierte meinen Blick auf die Nackenstütze des Vordersitzes. Oh Gott, was war das? Was passierte hier mit mir?

„Alexander", flüsterte ich, mir geht es furchtbar, kannst du nicht die Rettung anrufen, dann ist sie schon da, wenn wir zu Hause angekommen sind!"

Mein Sohn fuhr sofort rechts ran und bremste.

„Was ist los mit dir? Meine Güte, du siehst gar nicht gut aus!"

Was er sonst noch sagte, hörte ich nicht mehr. Mir wurde schwarz vor Augen und dann spürte ich nichts mehr!

Als ich wieder zu mir kam, merkte ich, dass meine Bewegungen eingeschränkt waren. Vorsichtig öffnete ich die Augen. Das erste was ich sah war Roman. Sein Gesicht schien sehr sorgenvoll. Er sah mich nicht an, sondern beobachtete die Geräte neben meinem Bett. Ich wisperte:

„Bin ich im Krankenhaus?"

Romans Gesichtsausdruck veränderte sich sofort. Von der Anspannung und Sorge war nichts mehr zu sehen.

„Na, ausgeschlafen? Du hast uns ja einen Heidenschreck eingejagt. Kippst einfach um. So dir nicht mir nichts! Aus heiterem Himmel!"

„Ich hatte aber schon geäußert, dass es mir nicht gut ging, oder? Nach deinen Scherzen, von wegen ausgeschlafen, ist mir im Moment gar nicht! Was ist nur mit mir geschehen?"

„Die wahnsinnige Angst, dich zu verlieren, hat mich völlig aus der Bahn geworfen. In solchen Lagen, das kennst du, versuche ich dann mit meinem mir eigenen Mutterwitz, alles zu bagatellisieren. Ich bin so froh, dass du wieder bei Sinnen bist. Die Ärzte haben mich auch erst vor ein paar Minuten zu dir gelassen. Sie glaubten an ein baldiges Erwachen. Sie wollten, dass ich bei dir bin, wenn du wieder zu dir kommst!"

„Was haben denn die Ärzte gesagt?"

„ Bisher nichts, aber schau mal, da kommt einer von Ihnen!"

„Na Frau Winter, wie sieht es denn aus? Geht es Ihnen ein wenig besser?"

Ich überlegte kurz, dann fiel mir ein, wie mir Schwindel und Übelkeit zu schaffen machten, bevor mich die schwarze Nacht umgab. Vorsichtig bewegte ich meinen Kopf. Ein leichter Schwindel war noch zu spüren, kein Vergleich zu vorher. Die Übelkeit war vollends verschwunden.

„Naja, ein wenig ist mir noch schwindlig, die Übelkeit ist allerdings wie weggeblasen. Meine Beine fühlen sich zugegeben noch wie Pudding an".

Der Arzt machte ein nachdenkliches Gesicht, so dass mir ein wenig mulmig wurde. Was hatte das zu bedeuten. Hatte ich möglicherweise einen Herzinfarkt? Er sollte endlich sagen was mit mir los war:

„Bitte spannen sie mich nicht auf die Folter. Ich möchte hören was mit mir los ist, oder war!"

„Solche Patienten mag ich. Nicht lange auf die Folter spannen! Ich bin gerade fünf Minuten bei Ihnen und sie erwarten eine vollständige Diagnose. Gut lehnen Sie sich entspannt zurück. Es ist nichts Ernstes. Hatten Sie in der letzten Zeit ein wenig Stress? Waren Sie körperlich oder seelisch stark gefordert? Sie nicken! Genau das ist die Ursache. Sie hatten einen Kreislaufzusammenbruch, einen Schwächeanfall. Mit dem Herzen, dem Blutdruck ist alles im grünen Bereich. Sie sollten sich in Ihrem Alter nicht mehr so viel zumuten! Weniger ist mehr. Als wohlgemeinten Rat: Kinder, besonders die erwachsenen, sollte ihre Angelegenheit allein regeln. Unter Umständen sogar Eltern aus prekären Situationen heraushalten. Spätere Informationen über die selbständig gemeisterte Krise, sind nicht vertrauensschädigend sondern eher förderlich!"

Da blieb mir die Spucke weg! Was dachte sich dieser Grünschnabel von Arzt. Der war doch sicher noch in der Assistenzarztzeit. Von erwachsenen Kindern, die auch hin und wieder ihre Eltern im Leben brauchten, hatte er mit großer Wahrscheinlichkeit keinen blassen Schimmer.

Freundlich, allerdings betont und deutlich, wandte ich mich ihm zu:

„Herr Dr.", ich schielte auf sein Namenschild, „Dr. Meißner, ich habe gerade den Eindruck, dass Sie von Eltern und ihren erwachsenen Kinder wenig Ahnung haben. Sicher, Kinder sollten sich abnabeln, wenn sie ein gewisses Alter erreicht haben. Sie sollten sich ein eigenes Leben aufbauen und es auch entsprechend gestalten. Ist Ihnen aber noch nie in den Sinn gekommen, dass es Momente im Leben eines jeden Menschen gibt, wo er Hilfe und Rat braucht. Wo die Lage für den Einzelnen ausweglos erscheint und er kaum Hoffnung hat, er nach jedem Strohhalm greift, der sich ihm zeigt. Ist es denn in solchen Augenblicken nur natürlich, wenn sich die erwachsenen Kinder an die Eltern wenden? Schließlich sind hier Vertrauen und Verlässlichkeit über Jahre gewachsen! Gewiss Sie haben Recht, das was ich in den letzten Tagen alles erlebt habe, hat meine Kräfte überstrapaziert. Dennoch, es ist uns beiden gelungen, da beziehe ich meinen Mann mit ein, unsere Tochter aus einer tiefen seelischen Krise zu ziehen. Bei ihr haben wir die Hoffnung geweckt, dass sie es schafft ihre Probleme zu meistern. Mit unserem Rückhalt, mit unserer Zuversicht, dass es keine ausweglosen Situationen gibt, gaben wir ihr das Gefühl des Zusammenhaltes in der Familie! So etwas kostet schon Kraft, richtig!"

Ich lehnte mich erschöpft zurück. Das musste gesagt werden! Mein Blutdruck hatte sicher wieder Grenzwerte oder darüber erreicht. Egal!

Der Arzt sah mich still an. Seine Augen, sein Blick waren nicht mehr vorwurfsvoll.

„Frau Winter, ich muss Ihnen einerseits Recht geben. Es gibt nichts Wichtigeres, nichts Schöneres als eine intakte Familie wo Jeder für Jeden immer da ist. Dieses Gefühl gibt Kraft. Ausweglose Situationen verlieren im Handumdrehen ihr Grauen. Dennoch muss ich Ihnen aber auf den Weg geben, dass Sie ihre eigenen Kräfte nicht überschätzen sollten. Bei aller Fitness, die ich bei Ihnen erkenne, sind Sie nicht mehr die Jüngste. Zwischendurch einfach mal inne halten und an sich denken. Schöne Dinge gemeinsam mit Ihrem Mann erleben, Freunde treffen. Daran sollten Sie immer denken!"

„Also, Herr Doktor, nun hören Sie mir mal zu! Alles was Sie vorschlagen, habe ich bisher gelebt! Mein Zusammenbruch ist einfach passiert, weil ich auch mal mit meinen Kräften am Ende war. Glauben Sie mir, ich kenne bedeutend jüngere Menschen, welche sich im Beruf und Alltag ständig neu bewähren müssen, unter Druck stehen und dann genauso zusammenbrechen wie ich! Jetzt lassen Sie mich mit Ihren guten Ratschlägen, und der Rumdeuterei, was die Ursache bei mir war einfach zufrieden! Ich weiß genau was mich aus der Bahn geworfen hat! Verabschieden Sie sich von dem Gedanken, dass ältere Menschen generell nicht mehr belastbar sind! Wie Sie sicher wissen, ist unsere Bundeskanzlerin auch nicht mehr ganz so jung! Sie schafft mehr als so manch jüngerer Kollege! Den Gedanke alles was über sechzig ist gehört in absehbarer Zeit zu den Pflegfällen der Nation, sollten Sie nochmal überprüfen. Kennen Sie den Spruch: „ Älter ist wie jung, nur besser"? Glauben Sie an die jungen Alten, hören Sie Ihnen genau zu, dann werde Sie erkennen, dass eben jenseits der sechzig oder siebzig, manchmal sogar der achtzig, Menschen selbstbestimmt und zuversichtlich durch die kostbarsten Jahre ihres Spätherbstes, gehen."

Erschöpft lehnte ich mich zurück. Meine Gefühle fuhren Achterbahn. Wie denkt so mancher junger Mensch? Die Wahrnehmung der jungen Leute, in Hinblick auf die ältere Generation, ist doch im Allgemeinen schon anders geworden. Filme, die sich mit diesen Themen befassen, gibt es schon reichlich. Das Liebesleben, die Lebensfreude älterer Menschen werden hier immer wieder gut und punktgenau beschrieben. Das unwürdige Umgehen mit den Menschen in Stiften und Seniorenheimen wird hier angeprangert. Es ist ein Thema, was immer wieder Autoren, Filmemacher aber auch Kabarettisten beschäftigt!
Langsam atmete ich durch. Der Arzt hatte das Zimmer verlassen. Roman sah mich teils belustigend, teils staunend an.

„Sag nichts! Gib mir deine Hand, gib mir einen Kuss und dann möchte ich dich bitten mich allein zu lassen. Ich glaube sicher, dass mir eine gute Portion Schlaf jetzt sehr gut tut. Ich gehe auch davon aus, dass ich morgen entlassen werde. Dann gibt es zu Hause die endlose Verwöhnung von dir. Danach wird sich alles finden und unser Leben wird, mit unseren Vorstellungen und Hoffnungen auf eine lange Zeit der Zweisamkeit, sicher noch viele Jahre dauern!"

Roman blinzelte mir zu:

„Genau! Ruh dich aus, Wir kriegen alles wieder hin! Mein Herzinfarkt war ein heftigerer Einschnitt. Den habe ich auch gut überlebt mit deiner Hilfe! Jetzt kann ich ein wenig revanchieren!"

Er gab mir einen Kuss, drückte meine Hand inniglich, winkte mir zu und verschwand aus dem Krankenzimmer.

Ich drehte mich zum Fenster. Die Abendsonne schien ins Zimmer. Meine Empfindungen waren positiv. Mein Herz schlug ruhig. Mein Atem ging gleichmäßig. Ich schloss die Augen. Es dauerte keine Minuten und ich war eingeschlafen!

Am nächsten Tag eröffnete mir der Arzt, dass ich, Gott sei Dank, nur einen Schwächeanfall erlitten hatte. Die Anspannung in der letzten Zeit war wohl die Ursache. Ich bin nur froh, dass ich nicht allein war. Die Sorgen und Ängste mit einem anderen Menschen zu teilen minderten meinen Schmerz und meine Besorgnis.

Wie so oft, wurde mir mal wieder bewusst, wie kostbar diese letzten Jahre, dieser Endspurt ist. Wenn der Mensch in die Jahre kommt, ihm die Zeit so manches Mal davon zu rennen scheint, verspürt er sehr oft das Verlangen diese anzuhalten, ja manches Mal auch zurückdrehen zu können.

So ging es mir in diesem Moment. Nach der Visite lag ich in meinem Bett, starrte an die Decke. Ich stellte mir vor, wie schön alles geworden wäre, wenn es diesen schrecklichen Anschlag nicht gegeben hätte. Leise rieselten einige Tränen aus meinen Augen. Schwermütig blickte ich aus dem Fenster.

Was musste ich da sehen? Zwei Spatzen saßen auf meinem Fensterbrett, sie schnäbelten, zwitscherten und balzten umeinander. Die Sonne ließ ihr Gefieder leicht glänzen.

Ich gab mich diesem Schauspiel hin. Nun war ein Lächeln in meinem Gesicht. Ich verscheuchte all die trüben Gedanken.

Ja, es war schlimm was passiert ist!

Ja meine Tochter hätte solche Erfahrung im Leben nicht gebraucht!

Ja, aber es ist alles am Ende gut ausgegangen!

Ja, es gab eben so etwas wie Schicksalsschläge, und ein letztes

Ja, wir sind aufgefordert, zurückfinden in das Leben!

Das Bett wurde mir plötzlich zu warm und zu eng. Ich warf die Bettdecke zurück, ließ die Beine über den Bettrand baumeln. Dann stand ich auf. Meine ganze Konzentration richtete sich auf meinen Körper. Kam wieder ein Schwindelgefühl? Sackten mir gleich meine Beine wieder weg?

Starr und steif stand ich neben dem Bett, die Hand auf der Bettdecke. Nichts geschah! Kein Schwindel, kein umfallen!

Vorsichtig setzte ich ein Bein vor das andere. Es ging! Ganz langsam bewegte ich mich auf die Toilettentür zu. Eine meiner Zimmernachbarinnen rief mir zu:

„Na Siehste jeht doch! Immer sachte voran, det klappt schneller als de denkst! Nur Mut, dann jeht allet wie von selbst!"

Ich drehte meinen Kopf in ihre Richtung um ihr zu zulächeln. Da war sie wieder. Diese leichte

Unsicherheit und Drieseligkeit. Ich hockte mich auf den Boden, da ich nicht umfallen wollte. In diesem Moment ging die Tür auf, und die Schwester kam in das Zimmer:

„Frau Winter, was machen Sie denn hier? Der Arzt hatte Ihnen doch empfohlen nicht allein auf zu stehen, sondern uns zu Hilfe zu holen! Wollten Sie zur Toilette?"

Ich nickte schwach. Sie hakte mich gekonnt unter und half mir. Mein Körper war plötzlich wieder sehr schwer. Eben hatte ich noch so viel Mut und Zuversicht. Nun dieses Dilemma!

Nee, ich lasse mich nicht unterkriegen! Es war schließlich der erste Versuch! Der Arzt hatte wohl doch mit seiner Recht als er mir rat alles gemächlich anzugehen.

Trotzdem, ich empfand keine Schmach. Nein dieses Mal munterte mich der Gedanke des Alleinganges sogar auf! Nicht aufgeben, das Schicksal annehmen, mit Optimismus in die Zukunft blicken.

Was waren vor wenigen Minuten meine Gedanken? Immer daran zu denken, dass ich in einem Alter bin, in der jede Minute, jede Stunde, jeder Tag, jede Woche, jedes Jahr das letzte sein könnte.

Kostbare Zeit mit jeder Faser des Herzens erleben, niemals in Trübsinn vergeuden. Nein, im Glauben daran, dass es immer wieder wunderbare Augenblicke gibt, die das Leben zu strahlen lassen!

Es dauerte dann doch noch zwei Wochen bis ich nach Hause gehen durfte. Die Ärzte hatten sich durch meinen Protest nicht beeindrucken lassen. Schnell musste ich mir eingestehen, dass sich manche Dinge eben nicht übers Knie brechen lassen. Geduld mit mir selber war im Moment angesagt. Dieses fiel mir natürlich nicht leicht. Krank sein hasste ich schon immer. Meine Agilität, mein Bewegungsdrang, die bis heute anhielten musste ich zügeln. Zugeständnisse, jetzt alt und nicht mehr so belastbar zu sein, die wollte und konnte ich nicht geben! Die optimistische Sicht, nach fatalen Ereignissen, werde ich nie aufgeben.

Ich ergab mich dem Schicksal, genoss die Untätigkeit, die banale, aber doch so erfrischende Unterhaltung mit meiner Zimmernachbarin, das gemeinsame Lachen, halfen mir mein Gleichgewicht wieder zu finden.

Als ich am vorletzten Tag so sinnend in der Cafeteria des Krankenhauses saß, erinnerte ich mich ganz spontan an die Worte von Alexander, als er uns vom Flughafen abholte. Sagte er nicht es gäbe eine Überraschung? War er nicht sogar ein wenig enttäuscht, dass wir nicht sofort zu ihnen fahren konnten? Was könnte das gewesen sein?

So sehr ich mir den Kopf zermarterte, ich kam nicht drauf. Beruflich war er doch fast am Ende seiner Anwaltslaufbahn. Kinder hatten sie auch schon. Sie wohnten in einem wunderschönen Einfamilienhaus mit allen Drum und Dran. Sabrina war eine erfolgreiche Innenarchitektin, sie konnte sich vor Aufträgen nicht retten, musste sogar so manchem Interessenten absagen. Meine Güte was sollte es sein. Auf jeden Fall klang es ja aufgekratzt und glücklich. Daher konnte es nur was wundervolles sein.

Nun hielt mich wirklich keiner mehr hier in diesem Krankenhaus. Ich war nur froh, dass ich offiziell am nächsten Tag entlassen werden sollte.

Ich beschleunigte meine Schritte auf dem Weg zu meinem Zimmer. Irgendwie hatte ich das Gefühl, dass mir Jemand folgte. Ich blieb demzufolge stehen und drehte mich um. Beinah gab es einen Auflauf, so abrupt war ich stehengeblieben.

„Mama", rief Alexander „Ich wollte dich doch überraschen! Wollte dir gerade die Augen zuhalten und Fragen wer ich bin! Da bleibst du blitzartig stehen!"

Er fuhr sich mir der Hand über sein blondes, strubbeliges Haar. Das hat er schon als kleiner Junge getan, wenn er verlegen war.

„Ach Junge, das ist dennoch eine tolle Überraschung. Ich habe gerade so intensiv an dich gedacht und augenblicklich stehst du vor mir!"

„Hoffe doch nur im positiven Sinne!", Alex zeigte seine weißen, ebenmäßigen Zähne. Der Mund berührte fast die Ohren, so breit grinste er mich an!

„Na sicher, das müsstest du doch wissen. Die Ursache, weshalb ich so sehr an dich dachte, war, dass mir unwillkürlich deine angekündigte Überraschung einfiel. Leider hattest du keine Gelegenheit mir diese bisher zu verkünden!"

„Oh, natürlich, das war natürlich noch nicht möglich! Ich muss dich allerdings noch ein wenig auf die Folter spannen. Das kann ich nämlich hier im Krankenhaus leider nicht sagen, nicht einmal andeuten!"

„Oh wie schade, nun komm ich auch erst morgen hier raus! Können wir nicht gleich am Nachmittag zu euch fahren und damit ich meine Neugier stillen kann?"

„Weißt du was, wir gehen jetzt erst mal in dein Zimmer, dann ruhst du dich kurz aus, und ich stell die Blumen in eine Vase!"

Jetzt erst sah ich den wunderschönen Strauß mit meinen Lieblingsblumen „Gerbera"

Ich war gerührt. Mein Sohn, wäre nicht mein Sohn, wenn er sich die kleinen Details meiner Vorlieben und Abneigungen nicht merken würde! Ich umarmte ihn innig!

„Danke"; sagte ich leise und etwas lauter:

„Nee die nimm mal wieder mit und gib sie mir morgen, sonst muss ich sie ja hier lassen! Ich weiß schon einen Platz im Wohnzimmer:"

Ein leises glucksendes Lachen kam aus Alexanders Mund.

„Ja, das ist meine Mutter, praktisch, weitsichtig und so liebenswürdig! Gut, also abgemacht. Ich hole euch morgen Nachmittag ab und da gibt es dann auch diesen wunderschönen Strauß. Einverstanden?"

Ich zwinkerte ihm zu, verabschiedete mich und schritt auf mein Zimmer zu.

Die Zeit bis zum nächsten Tag verkürzte mir Roman: Er erschien noch am späten Nachmittag und leistete mir Gesellschaft. Beide grübelten wir dann, was wohl die Überraschung sein könnte. Leider kamen wir zu keinem Ergebnis.

Die letzte Nacht im Krankenhaus war dann ein wenig unruhig, da wir einen Neuzugang bekamen. Der Morgen erschien sonnig und klar. Ich freute mich unbändig endlich nach Hause zu können.

Die Ärzte hatten nichts gefunden, was besorgniserregend sein könnte. Eben nur ein Schwächeanfall! Gut so! Einfach mehr auf die Signale des Körpers hören, die eigene Kraft realistisch einschätzen und vorwiegend Dinge zu machen, welche angemessen sind.

Endlich wieder daheim

Roman holte mich ab und wir fuhren, mit dem Auto in Richtung Heimat. Augenblicklich kam es mir vor, als wäre ich entlassen worden in eine andere Welt.

Der lebhafte Verkehr, die Menschen auf den Straßen. Ich spürte die Unruhe, empfand die quirlige Lebendigkeit auf einmal störend. Ich erkannte mich und meine Gefühle nicht wieder. Wie hatte ich es doch immer genossen durch den Berufsverkehr der Stadt zu fahren. Der rege Verkehr, die Betriebsamkeit gaben mir das Gefühl: Hey du gehörst noch dazu, und noch lange nicht zum alten Eisen! Ich genoss es, und empfand absolut keinen Stress. Im Gegenteil es machte mich innerlich froh. Nach dem Motto: „ Gib dem Affen Zucker, Baby", verstärkte sich mein Lebensgefühl jedes Mal! Die vorgeschriebene Geschwindigkeit hielt ich auch nicht immer ein. Niemals übertrieben, aber mal kurz das Gaspedal durchtreten und anstatt 60 km/h, bis zu 75 km/h hochziehen, das hatte was!

Doch was war jetzt mit mir los? Irgendwie hatte der Aufenthalt im Krankenhaus mein Leben tatsächlich auf Sparflamme laufen zu lassen.

Die Hektik, welche ich mir oft ja selbst gemacht hatte, das ständige Gefühl immer am Laufen sein zu müssen, war im Moment einer inneren Ruhe gewichen.

Musste ich mir nun ernstlich über meinen Status Sorgen machen?

Ich schaute auf Roman, der merkte meinen Blick und zeigte sein charmantestes Lächeln.

„Na Karolachen alles gut? Gleich sind wir zu Hause, da kannst du dich auf die Couch legen, ich mach uns einen schönen Kaffee und dann feiern wir dein „Frühlingserwachen"!"

„Was denn für ein „ Frühlingserwachen"? Ich war überhaupt nicht schwer krank, so dass du dir solche Sprüchen kneifen kannst!"

Das war sicher etwas zu scharf formuliert, denn Roman Blick verdüsterte sich abrupt.

„Oh Mann, war nicht so gemeint. Bin wohl einfach noch etwas dünnhäutig, was deine Sprüche betrifft. Entschuldige!"

Ich lehnte mich in meinen Sitz zurück und blickte schweigend auf die Straße. Was hatte ihn angetrieben diesen Spruch zu machen? Hatte er gemerkt, dass ich zu ruhig war? Sicher, denn meistens stand mein Mundwerk kaum still beim Autofahren. Irgendwas fiel mir immer ein. Ich quasselte und quasselte oft so viel, als ob am nächsten Tag das Reden verboten wäre! Ja das war schon immer so bei mir und das hat bis jetzt auch angehalten: Ja bis jetzt! Ich atmete tief durch die Nase. Das Schniefen ließ Roman irritiert gucken.

„Ist dir nicht gut?"

„Doch, doch alles in Ordnung! Wir machen es so wie du vorgeschlagen hast. Möglicherweise habe ich einen „Krankenhauskoller" Und den kannst, meines Wissens, nur du behandeln!"

Seine Hand legte sich zärtlich auf meinen Arm. Sein warmer Blick, den er mir kurz zuwarf, ließen warme Schauer durch meinen Körper fließen. Ich lächelte ihn dankbar und liebevoll an.

Zu Hause angekommen, legte ich mich sofort hin. Kaum zu glauben, was so ein Krankenhaus-aufenthalt mit der Psyche macht. War doch alles gut! Keine ernsthaften Probleme, keine schwere Krankheit. Es war eben nur ein Warnschuss! Mir fielen auch sofort die Worte von Dr. Meißner ein. Wahrscheinlich hatte er Recht mit dem was er sagte. Ich wollte eben nicht wirklich wahr haben, dass ich keine 35, keine 50 mehr bin. Das Verdrängen des eigenen Alters ist mir mit großer Wahrscheinlichkeit gelungen. So lange der Mensch sich fit und gesund fühlt, wird mit keiner Silbe an das eigene Alter gedacht. Bisher hatte ich immer nur die anderen als „ganz schön alt" bezeichnet, obwohl sie fast im gleichen Alter waren. Mir wurden bei unseren Freunden stets zuerst die Veränderungen augenscheinlich.

„Hast du gemerkt, Lisa hat ganz schön Falten gekriegt. Das Haar wird auch immer dünner.

Sie spricht neuerdings nur noch über ihre Arztbesuche und Krankheiten usw. usf."

Meine eigene Veränderung ignorierte ich geflissentlich. Ist ja nur äußerlich, innerlich bin ich tatsächlich bestens drauf, waren meine Gedanken. Das hatte nun dazu geführt, dass ich mich wohl überfordert hatte, übertrieben in der Sorge um meine Tochter!

Ich runzelte die Stirn. Was schwirrten mir den für Gedanken durch meinen Kopf? Vor kurzen in Paris fühlte ich mich doch so vital, so gut! Ich sollte mit dem Wenn und Aber meines kleinen Zusammenbruchs aufhören. Bisher hatte ich, mit meinen mir eigenen Optimismus, alle Hürden des Lebens relativ gut geschafft. Warum zweifelte ich? Wieder kam ein Stoßseufzer aus meiner Brust, just in dem Moment betrat Roman das Zimmer. Ein Duft von frischem Kaffee kroch in meine Nase. Der Geruch von frischem Kuchen ließ ebenfalls meine Sinne erstrahlen.

Das Leben geht weiter. Keine Müdigkeit, kein Selbstmitleid, kein Gejammer wird etwas daran ändern, dass ich mich im letzten Abschnitt meines Lebens befinde. Deshalb ist es doch nur logisch, das Beste daraus zu machen.

Gerade als wir ganz genüsslich unseren Kaffee schlürften, klingelte das Telefon.

„Hallo, wer stört?", gluckste ich ins Telefon.

„Hi Mama, ich bin s, wir waren doch verabredet. Klappt es nun morgen? Ich denke bis dahin bist du im Leben wieder angekommen. Ich weiß doch, dass dich, an und für sich, nichts so schnell aus der Bahn wirft. Roman tut sicherlich alles, damit du wieder unsere liebe, alte Karola wirst!"

„Was heißt hier „alte Karola", das stimmt nur teilweise. Letztlich kommt es immer auf den Standpunkt des Betrachters an, oder mein Sohn? Gut, genug der Scherze. Natürlich gern morgen. Ich platze ja förmlich vor lauter Neugierde! Welche Zeit hast du gedacht?"

„Ich hole euch so gegen 15.00 Uhr ab, da ist inzwischen auch Sabrina mit den Kindern zu Hause. Seid ihr damit einverstanden?"

Ich hatte das Telefon laut gestellt und blickte nun Roman fragend an. Er nickte mir zu, und somit verabredeten wir uns zu der gewünschten Zeit. Plötzlich kam mir aber noch eine Frage in den Sinn:

„Hör mal, Alexander, wieso willst du uns eigentlich abholen? Seid ihr umgezogen, oder traut ihr uns nicht mehr zu selbständig mit dem Auto zu fahren?"

„Nee, aber ich habe meine Gründe! Alles andere morgen. Tschüss, macht`s gut."

Mein Blick schweifte zu Roman:

„Verstehst du diese Geheimniskrämerei? Mich macht das ganz wuschelig und nervös. Was denkst du? Was könnte ihr großes Geheimnis sein?"

„Keine Ahnung, nicht im Geringsten kann ich irgendwelche Vermutungen anstellen. Versuch einfach gelassen zu sein. Dein dir eigener Optimismus müsste dir doch hier helfen den aufkommenden, düsteren Gedanken Herr zu werden. Geh davon aus, dass es was sehr schönes sein wird. Komm, nun iss deinen Kuchen, ich schenk dir neuen Kaffee ein, denn deiner ist inzwischen kalt geworden. Denk auch an deine Lebensweisheit: Genieße jeden Tag, es könnte der letzte sein – Carpe Diem!"

Deutliche Worte! Er hatte Recht. Wieso gingen meine Gedanken solch jammervolle Wege. Pessimismus habe ich immer gehasst. Ich konnte nie verstehen, dass Menschen in jeglichen Situationen immer wieder das Negative als erste Möglichkeit ins Kalkül zogen! Im Augenblick ging es mir selber so! Ich schüttelte den Kopf. Nahm dankbar die frisch eingegossenen Tasse Kaffee entgegen, spießte ein Stück Kuchen auf und steckte es genüsslich in meinen Mund!

Nee, ich muss mich aber ganz schnell aus diesem Tief befreien. Was soll das? Es geht mir gut, ich bin nicht allein, meinen Kindern und Enkeln geht es ebenfalls gut. Die angekündigte Überraschung wird mit enormer Wahrscheinlichkeit etwas großartiges sein!

Pünktlich klingelte es an unserer Haustür.
Alexander stand mit dem, immer noch wunderschönen Blumenstrauß davor.
„Komm rein, die Tür ist offen!" rief ich ihm durch die Sprechanlage zu.
Mit einem breiten Lächeln trat er ein, überreichte mir den Strauß, drückte erst mich dann Roman ganz herzlich und hörte einfach nicht auf mit dem Strahlen in seinem Gesicht.
„Also spann uns nicht auf die Folter, Alex, was gibt es so Tolles, dass ich es nicht im Krankenhaus erfahren sollte?"
„Immer hübsch der Reihe nach. Zieht euch erst mal an, danach geht es mit meinem Auto zu der Überraschung!"
Irgendwie wurde ich das Gefühl nicht los, dass die vordergründige, zur Schau gestellte Heiterkeit, einen Haken hatte. Ich wusste aus Erfahrung, dass Alexander mit Neuigkeiten nicht so großtuerisch umging. Entweder musste es tatsächlich was ganz außergewöhnliches sein, oder so abnorm, dass er uns entsprechend vorbereiten wollte!
Die Fahrt verlief sehr ruhig und still. Jeder hing wohl seinen Gedanken nach. Ich schaute zur Seite nach Roman. Keine Mimik, total ernst aber auch entspannt schaute er auf den Straßenverkehr.

„So Leute, wir sind da", lies Alex verlauten.

Da? Wir waren doch überhaupt noch nicht da! Mein Blick schweifte über die Gegend. Wo waren wir?

Ich sah eine neu entstandene Ein- und Zweifamilienhäusersiedlung. Kaum Bäume, alles noch winzig, was die Natur anbelangte. Kleine Ziersträucher, winzige, gerade gepflanzte Hecken und junge Bäume aller Couloir !

„Soll das heißen, dass ihr in einem neuen Haus wohnt? Was ist der Grund? Euer altes Haus war doch so hübsch. Vor allem der Garten! Sabrina hatte ihn mit viel Liebe und Herz angelegt!

Raus mit der Sprache, es muss doch einen schwerwiegenden Grund gegeben haben, dass ihr im Eiltempo euch umorientiert habt. Vor unserer Parisreise wohntet ihr noch in eurem alten Haus. Ihr wirktet glücklich und zufrieden. Nun, was hat euch veranlasst?"

Alexander schaute nun nicht mehr so heiter drein. Er guckte eher verständnislos und ein wenig betreten aus der Wäsche.

„Nun steigt erst mal aus und besichtigt unser neues Heim. Die Gründe des, für euch übereilten Entschlusses, sollten wir dann beim Essen besprechen. Sabrina hat ein sehr anspruchsvolles Mittagsmenü gekocht, so dass wir unseren Magen mit großer Gewissheit kulinarisch verwöhnen werden."

Wir stiefelten hinter Alex her. Die Wege waren noch etwas uneben. Jeder Schritt sollte sitzen, wenn man nicht straucheln wollte. Im Haus angekommen, empfing uns ein Geruch, der meine

Geschmacksnerven sofort wahre Höhen erklimmen ließ.

Der Eingangsbereich strahlte Harmonie und Wärme aus. Da erkannte ich sofort die Hand Sabrinas. Im Prinzip hatte ich nichts anderes erwartet. Ich stellte mir nur zu x-ten Mal die Frage nach dem Warum? Der Tisch war sehr festlich arrangiert. Blumen, Kerzen und Tischschmuck zierten die Tafel. Beim genaueren Hinsehen erkannte ich dann auch den Sinn des Umzuges und der Einladung.

Justitia und Männchen im Advokatenlook, sowie kleine, fiktive Gesetzbücher waren zusätzliche Dekoration.

Mein Sohn war zum Richter berufen worden!

Das neue Haus entsprach nicht nur dem neuen Status, es lag auch dichter am Zentrum unserer Stadt.

„Ich bin sprachlos! Ich bin so stolz auf dich! Ich freue mich unbändig über diese Karriere!"

Sabrina sah auch glücklich aus: Bedeutete dies ja, mehr oder weniger geregelte Arbeitszeit. Als Anwalt musste er ja sehr flexibel und einsetzbar sein.

Etwas mehr Zeit für die Familie war wohl nun eher drin.

Ich selber sah das allerdings ein wenig skeptischer. Dennoch ich war stolz!

Wir stießen auf seine neue Herausforderung an und labten uns an dem vorzüglichen Menü.

Ja, das musste ich neidlos zugeben. Sabrina war eine hervorragende Köchin!

Die Zeit ist nicht endlos, sie wird kostbarer denn je Alex hatte uns nach dem Essen, und der anschließenden gemütlichen Runde mit den

Kindern und später einem Glas Wein, so gegen 22.00 Uhr nach Hause gebracht.

Meine Gefühle fuhren mal wieder Achterbahn. Ich spürte zum wiederholten Male die Endlichkeit des Lebens. Zurückschauen wollte ich doch nicht mehr. Das Leben im Jetzt genießen und sich daran zu erfreuen, das sollte doch der Tenor meines Endspurtes sein.

Dennoch ist es mit großer Wahrscheinlichkeit das Normalste der Welt, wenn im Alter die Gedanken sich rückwärts bewegen. Das sich Erinnern an die schönsten Begebenheiten, die empfundene Freude, die erlebten glücklichen Stunden.

Ich hatte doch, in meinem hinter mir liegenden Leben, im Grunde so viel Positives zu verzeichnen, dass ich überaus dankbar sein konnte. Sicherlich hatte es auch Schattenseiten in meinem Leben gegeben, das, denke ich, gehört dazu. Ich habe eben niemals aufgegeben, wenn es auch noch so dicke kam und der Schlamassel im ersten Moment unlösbar erschien.

Das Leben in jedem Alter anzunehmen, niemals denken oder sagen, das kann ich nicht mehr, dazu bin ich zu alt, war und ist bis jetzt meine Devise!

Solange die Gesundheit die Fitness mitspielt, niemals verzagen!

Genau das ist es was ich immer wieder vor Augen habe.

Meine Kinder, Enkelkinder und auch meine „Stiefkinder" beweisen mir, dass das Leben eben kein Spaziergang ist. Immer dran bleiben an der Basis des Lebens, die Hürden überwinden, auch wenn es nun nicht mehr per Sprung geht. Dennoch

Hürden kann man auch überklettern, oder unten durchkriechen. Wesentlich ist doch, dass man sie überwindet und nicht aufgibt.

Ich lag in meinem Bett und mit einem leisen zufriedenen Grunzen rollte ich mich auf meine Schlafseite. Die Traumwelt umfing mich dann recht schnell.

Ich lag auf einer grünen Wiese, die Sonne schien und Roman näherte sich mir mit einem kühlen Eistee. Ich blinzelte in die Sonne, da tauchten plötzlich Schmetterlinge, tanzende Elfen auf. Roman war verschwunden. Eine unendlich schöne Melodie umfing mich. Ich fühlte mich davon getragen und begann nun auch zu schweben.

Mit einer Leichtigkeit, welche schon mit Schwerelosigkeit zu vergleichen war flog ich über die Wiesen, über Seen, Flüsse und Hügel. Ich fühlte mich frei, ließ mich von der Musik treiben und genoss unendlich diesen Zustand.

Doch plötzlich verdunkelte sich der Himmel, es donnerte, blitzte und der Sturm trieb mich in qualvollen Luftstrudeln vor sich her. Da sah ich Roman auf mich zufliegen. Er nahm mich bei den Schultern und rüttelte mich.

„Hey, auf wachen, du hast geträumt!"

Verschlafen blinzelte ich ihn an. Er hatte das Nachttischlicht an und sah mich besorgt an.

„Oh Roman, ich hatte so einen schönen Traum, leider kam dann ein fürchterliches Gewitter und dann kamst du!"

„Nana, ich bin aber nicht der Donnergott!"

„Wie spät ist es denn?"

Roman schaute auf die Uhr. 2.30 Uhr. Wir haben noch viel Zeit bis die Sonne aufgeht.

Komm kuschle dich bei mir ein und versuch wieder einzuschlafen. Morgen kannst du mir dann deinen schönen Traum erzählen.

Der Traum ließ mich nicht los. Ich wollte nicht an übersinnliche Kräfte glauben. Was sollte dieser Traum? Wollte mir das Unterbewusstsein signalisieren, dass irgendetwas passieren wird? Etwas was mein weiteres Leben beeinflusst?

Ich schlug die Bettdecke weg und verließ mein Bett. Den Weg zur Küche lief ich im Halbdunkel unseres Hauses.

Erst mal eine Tasse heiße Honigmilch, dann wird es mit dem Schlafen schon wieder werden. Abschalten, keine finsteren Gedanken aufkommen lassen. Keine Unruhe heraufbeschwören, die jeglicher Grundlage entbehrt.

Nachdem ich mit kleinen Schlucken meine Honigmilch trank, wanderte mein Blick hinaus auf unsere Straße. Inzwischen zeigte die Uhr 3.30 Uhr. Über den Dächern der Häuser war der beginnende Morgen zu sehen. Ein rosa Lichtstreifen zeichnete sich in den, noch, Nachtwolken ab. Der beginnende Tag fing an sich zu entfalten. Die aufgehende Sonne verkündete einen schönen Tag.

Ich genoss diesen Anblick. Lehnte mich auf meinen Küchenstuhl zufrieden zurück. Die grauen Gedanken waren verflogen. Warum hatte mich dieser Traum nur so verunsichert? Woran hatte es gelegen, dass mich diese negativen Gefühle kurzfristig im Griff hatten?

Meine Lider wurden schwer und schwerer. Ich rutschte fast vom Stuhl, da ich kurz wegenickt war. Fröstelnd zog ich meinen Morgenmantel zusammen und begab mich auf schnellsten Weg in mein Bett. Der Schlaf ließ nicht lange auf sich warten. Tief und traumlos verbrachte ich den Rest der Nacht.

Ich wurde durch ein leises Klopfen wach. Ich roch Kaffeeduft! Als ich die Augen öffnete stand Roman mit einem kleinen Tablett mit Kaffee und Toast vor mir.

„Guten Morgen, meine Schöne. Sind die Albträume verflogen? Schau die Sonne lacht und will dass wir diesen zauberhaften Tag erleben."

Sein zärtlicher Blick traf mich mitten ins Herz.

„Oh du Lieber, es ist alles gut. Ich bin wieder in der Wirklichkeit angekommen. Möglicherweise hat der Krankenhausaufenthalt meine Psyche ein wenig durcheinander gebracht. Komm lass mich aufstehen und mit dir gemeinsam am Tisch frühstücken, sonst fühle ich mich tatsächlich krank!"

Der Tag verlief dann durchaus in all den gewohnten Bahnen. Meine Gesundheit stabilisierte sich wieder. Ich kam erstaunlich schnell zu meinen alten Kräften. Ging wieder zum Sport, fuhrwerkte in Haus und Garten.

Roman und ich, wir waren zu einer Symbiose geworden. Einer war immer für den anderen da. Miteinander packten wir unseren Alltag. Jeder ging seinen Interessen und Vorlieben nach. Das verband uns. Jegliche Form der Zweisamkeit verlangt eben auch eine gewisse Portion Einsamkeit. Ein Grund für unsere funktionierende Partnerschaft ist die gegenseitige Akzeptanz und Wertschätzung.

Nachwort:

Ich sitze in unserem Garten. Die erwachende Natur ist in jedem Winkel zu sehen. Der Frühling hält wieder Einzug. Wie viele werden wir noch erleben? Ich gehe davon aus, dass es noch einige sein werden.
Die Sonne taucht die Natur in ein angenehmes, goldschimmerndes Licht. Ich genieße den Anblick und ziehe tief die frische, aromatische Frühlingsluft ein.
Es kommt mir wie ein Wunder vor, dass alles so harmonisch, so ausgeglichen bei uns zugeht.
Wir unternehmen sehr viel gemeinsam, mit unseren Kindern und Enkelkindern. Das gibt uns die Kraft und Zuversicht.
Vieles Gutes liegt sicherlich noch vor uns. Wir sind in unserem Alter immer noch sehr lebensbejahend, guten Mutes und bleiben hoffentlich noch lange so gesund und fit.
Rückblickend auf den Tag unseres Kennenlernens, kann ich nur noch schmunzeln.
Alles hat im Leben einen Sinn, man sollte ihn nur erkennen!

Wenn der Herbst kommt im Leben

Wenn der Frühling weit weg und der Sommer
vorbei, kommt der Herbst, wie du weißt!
Er bringt Wind und Sturm, Regen, Nebel doch auch
Sonnenschein!
Macht die Wälder bunt, Äpfel rot und rund, und
auch Gold den Wein!
Denn jede Jahreszeit ist für sich sehr schön,
doch man muss es eben auch sehn!

Nun bin ich im Herbst des Lebens angekommen,
Gott sei Dank hab´ ich bisher viel mitgenommen!
Hab die Blüten des Frühlings gesehen, hab die
Hitze des Sommers gespürt,
und die reifen Kirschen gegessen,
nie traurig und stumm dagesessen!
Hab so manchen Sturm überlebt,
Kraft geschöpft daraus
glaubt mir es ist noch lange nicht aus

Epilog

Das Leben hält, wie jeder weiß,
unvorhergesehenen, viele Dinge für uns parat.
Oftmals sind wir nicht unbedingt begeistert, oder
wollen nicht glauben was da passiert. Besonders
wenn der Mensch glaubt, das Leben ist „gegessen"!
Plötzlich und unerwartet in ein neues Lebenskapitel
zu „tapsen", bringt doch so manchen von uns in
Erregbarkeit in einer Form, die nicht mehr erwartet
wurde.
Mit zunehmendem Alter auch ein wenig mit den
Jahren zu kokettieren, ist legitim.
Weniger ist mehr, heißt ein bekanntes Sprichwort.
Je öfter wir das Alter und unsere Wehwehchen
artikulieren, desto weniger gelingt es uns gelassen
zu bleiben. Ran kommen lassen, den Dingen seinen
Lauf geben und dann mit Freude wahrzunehmen,
dass alles halb so schlimm ist, wie es auf dem
ersten Blick scheint! Ich selbst habe mit sechzig
schon mal gedacht, jetzt geht es bergab. Aber nee,
nee es ging sogar nochmal richtig los! Im Beruf und
im privaten Leben gab es Veränderungen, die in
jüngeren Jahren so niemals gewesen wären! Es
liegt an jedem Einzelnen sein Schicksal zu
beeinflussen, oder auch anzunehmen. Nicht immer
geht alles glatt, manchmal müssen wir recht
steinige Wege gehen. Hier nicht aufzugeben,
sondern forschen Schrittes neue Richtungen
einschlagen, gehört explizit zu einem erfüllten
Leben. In meinem kleinen Roman habe ich
versucht, mit Ernsthaftigkeit, Humor und
Lebensweisheit aufzuzeigen, dass das Leben auch

im fortgeschrittenen Alter lebenswert ist. Jeder sollte sich im Klaren sein: Jeder Mensch wird zwangsläufig älter! Nur derjenige, welcher vorher stirbt, umgeht diese großartige Phase! Gerade im Alter gibt es noch so viele schöne Momente. Ich habe versucht sie in diesem Buch aufzuzeigen.

Zu guter Letzt

Mit offenen Augen

Beginnt ein Tag, dann weißt du nicht,
ob er das wird, was er verspricht.
Dein inneres Ich und dein Handeln bestimmen,
was dir an diesem Tag wird gelingen!
Wahrnehmung geschärft, auf das Schöne im Leben
Wird er dir am Ende mehr Gutes geben
Lass dich doch treiben, lass es geschehen,
und du bist erstaunt, was du wirst seh`n
Den Käfer der krabbelt am Rande der Straße
Der Duft einer Rose kitzelt die Nase.
Das Rascheln der Blätter im stürmischen Wind
Das Juchzen und Lachen von einem Kind.
Das traurige Gesicht einer alten Frau
Was ist der Sinn, wer weiß es genau?
So kann uns eher der Alltag gelingen
Es ist grotesk, aber wir verbringen
Leider das halbe Leben oft im Klagen
Obwohl wir am Ende keinen Grund dafür haben.
Besinnt euch ihr Leute werdet wach
Schlagt eure Augen auf mit Macht.
Seht euch um und erkennt das Schöne der Welt
Genießt das Leben, so wie es euch gefällt.
Entflieht hin und wieder der Alltagsmühle
Lasst euch treiben im Lauf der Gefühle.
Dann sicher seht ihr aus anderer Sicht
Eine schönere Welt und wer möchte das nicht!

FSC
www.fsc.org
MIX
Papier | Fördert
gute Waldnutzung
FSC® C083411

Zeitfracht Medien GmbH
Ferdinand-Jühlke-Straße 7
99095 Erfurt, Deutschland
produktsicherheit@kolibri360.de